岩柄イズカ
Iwatsuka Izuka
IL. 咲良ゆき
最果ての魔法使い
The wizard of the Farthest

「君は……」
伝説の魔法使い
アルカ＝ニーベルク

「大丈夫ですか、お兄さん……？」
謎の猫耳少女
フィル＝フェンリット
三匹の魔獣が倒れると同時、
月明かりの下に少女が表れた。
まだ生きている人がいる。
その事実が絶望にあった
アルカの心に温もりをもたらした。

ナビ
レイス
アリス
ラルド
「「「フィルおねえちゃん
おかえりー!!」」」

「こ、今晩！
私のこと！
だ、抱いてください！」
フィルの顔がますます赤くなる。
瞳は潤み、指をもじもじさせながら
チラチラとアルカの顔色をうかがっている。

――炉に火を入れる。
頭に思い描くのは鍛冶場。
肌を炙る熱と炎。　鉄を鍛える槌の音。
それは幻想であり、
そして幻想であるがゆえに生み出せるものに限りはない。
その幻想が具現化する
――それは燃え盛る数多の魔剣が生み出す暴風であった。

「さぁ――魔法の授業だ！」

目次

The wizard of the Farthest

最果ての魔法使い

岩柄イズカ
Iwatsuka Izuka
IL. 咲良ゆき

The wizard of the Farthest

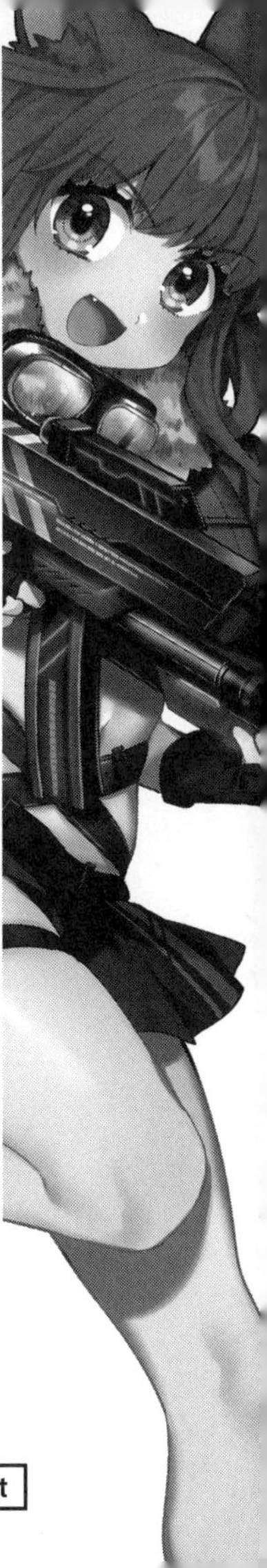

カバー・口絵・本文イラスト
咲良ゆき

プロローグ　かつて世界を救った魔法使い

死んだ方がまし。というのは、今の彼のような状態を言うのだろう。

大地を抉《えぐ》り取ったかのような巨大なクレーター。その内側の斜面を、血塗《ちまみ》れの外套《がいとう》に身を包んだ黒髪の青年は這《は》い進んでいた。

青年の左肩から先、そして腰から下は水銀のようなものに覆《おお》われている。

水銀は自分の一部を針のように変化させ、青年の皮膚《ひふ》を食い破って体内に侵入し、触手のように蠢《うごめ》いて筋肉と血管をグチャグチャにかき混ぜていく。痛みだけは感じるように神経を切るのは避けるとは何という悪辣《あくらつ》さか。

——痛い。痛い。熱い。痛い。

身体の中で水銀が蠢く痛みに頭の中で火花が散る。神経と骨の表面を撫《な》でられる感覚に怖気《おぞけ》が走る。

それでも青年は悲鳴を上げない。歯を食い縛って前だけを見る。

（まだだ。まだ、まだ……！）

左腕と両足はもう動かない。唯一まともに動く右手で土を掴《つか》んで身体を引きずり、ナメクジのように血の跡を残しながら地面を這う。

青年の目指す先、クレーターの中心には天を突くように夜空に伸びる紅い大樹があった。枝葉を伸ばして天を覆い、静かに明滅を繰り返すその姿は何も知らずに見れば幻想的に感じたかもしれない。

青年が前に進むたび『止まれ』と言うかのように体内に侵入した水銀が動きを激しくする。おそらく肺を傷つけられた。喉《のど》を熱いものが駆け上がり、口を開いた瞬間それが水銀の混ざった血の塊となって吐き出される。咳《せ》き込むたびにその量は増えていき、地面に赤と銀色の混ざった気味の悪いマーブル模様を描き出す。

（諦《あきら》めない。諦めてたまるものか……！）

歯が砕ける程に食い縛る。

――ここで諦めれば全《すべ》ての犠牲《ぎせい》が無駄《むだ》になる。

たくさんの仲間がいた。尊敬する師がいた。頼りになる上官がいた。気心知れた友人がいた。大好きな幼馴染《おさななじみ》がいた。護《まも》りたい部下がいた。

死んだ。自分を進ませるために、みんな死んでいった。

――それだけは駄目だ。どれほどの苦痛も耐えてみせる。ただ、彼等《かれら》の犠牲が無意味になることだけは、受け入れるわけにはいかない。

意識を体内に向ける。自身の体内に流れる力――魔力を集め、束《たば》ね、筋肉を硬化させ水銀の動きを阻害しつつ傷ついた臓器を再生する。

あくまで時間稼ぎ。水銀の動きを止めるのにも限界があるし、臓器を治したところですぐにまた壊される。

だが幸い、あるいは不幸にも壊される速度と再生させる速度では、後者の方が若干早い。

ならば魔力が続く限りすぐに死ぬことはない、と青年は歓じみた笑みを浮かべ焼け付くような痛みに耐えながら前に進み続ける。


――どれだけの時間が経《た》っただろうか。

ナメクジのような行進はついにゴールに辿《たど》り着いた。

伸ばした手が紅い大樹に届く。触れただけで大樹の内包するとてつもない魔力を感じる。

世界中の魔法使いが寄《よ》って集《たか》って使ったとしても使い切れそうにない膨大な魔力だ。

その一部を操作し、自分の中に取り込む。ほぼ底を尽きかけていた自身の魔力が見る間に回復していくのを感じる。

青年は小さく呪文《じゅもん》を唱える。すると手に青年の背丈程の、柄の部分に宝玉を埋め込んだ杖《つえ》が現れた。それを地面に突き立て、すがりつくようにして立ち上がる。

――封印式、起動。

杖の先端で地面を叩《たた》いた。叩いた場所を中心にその場一帯を内側に収める巨大な魔法陣が

展開される。そこから無数の文字が現れ、大樹を縛り上げるように文字が表面を駆け上がっていく。

ぐにゃり、と周りの景色《けしき》が歪《ゆが》んだ。

「……ばいばい、みんな。少し、頑張ってくるよ」

青年は小さく笑ってそう言った。そしてもう一度杖で地面を叩いた次の瞬間、周りの土地ごと紅い大樹と青年はこの世界から消え失せた。

†

それから少し、時が流れた。

「この僕、アルカ＝ニーベルクは魔法使いだ。代々優秀な魔法使いを輩出してきた家系の出身で……うん、まあ、自分で言うのもなんだけど、その中でもとびきりの天才として大切に育てられた。生まれ持った膨大な魔力、その魔力を操《あやつ》るセンス。そして何より、僕は魔法というものが大好きでね。暇さえあれば魔導書を読んでいたし、他の人がびっくりするような新しい魔法を作るのが趣味だった。魔法を勉強する時間を増やしたいと思考加速と眠らなくても大丈夫になる魔法を作った時は学会が大騒ぎになったっけ。……これ、やっぱり自分で言ってて結構照れくさいな」

そう言って青年は自嘲《じちょう》するように笑みを浮かべる。

「……寂《さび》しいからってお守りに自慢話してる今の状況が一番恥ずかしいのかもしれないけど」

何もない真っ暗闇《くらやみ》の空間にポッンと浮かぶ島。そこに鎮座する紅い大樹の前に青年――アルカ＝ニーベルクは座り込み、首から下げた紅い宝石のペンダントに話しかけていた。

辺りはどこまでも静かで風の音すら無く、アルカの声だけが暗闇の中に消えていく。


「それでどこまで話したっけ？　そうそう、たしかに僕は天才かもしれなかったけど、何よりも周りの人達に恵まれたんだ。

僕の両親は『魔法はみんなを笑顔にするためにあるんだ』って、僕の才能を大切にしつつも才能に溺《おぼ》れさせることはなかった。うん、あれがなかったらきっと僕は相当嫌な奴《やつ》になっていただろうね。

それに小さい頃から毎日一緒に遊んでいた幼馴染は周りから浮いていた僕のそばにいつもいてくれた。彼女に新しく覚えた魔法を披露するのが一番の楽しみだったんだ。

他にも僕の才能を育てて、より高みへと押し上げてくれる師匠がいた。王国軍に入ると対等に接してくれる友人ができた。ちょっと恐いけど僕のことを想《おも》ってくれる上官ができた」

アルカはそこまで一気に言って、切なげに眼を細めた。

「うん、本当に幸せだったよ。……幸せだったんだ」


思い出す温かい日々。

幸せだった。魔法が好きで、周りの人達が好きで、毎日が楽しくて楽しくて仕方なくて、それに心から感謝していて。世界中探しても自分以上に幸せな人などいるのだろうかと本気で考えるぐらいに、幸せだった。あの日までは。


あの日、空から紅い隕石《いんせき》が落ちてきた。

今にして思えばあれは種だったのだろう。種はそこにあった街を一瞬で吹き飛ばして地下深くに潜り込み、根を張り、あっという間に紅い大樹へと成長した。

そしてその紅い大樹――魔樹はまるで胞子を撒《ま》き散らすように、瘴気《しょうき》と呼ばれる微細な物質を世界中にばらまいた。

瘴気は他の全ての生命に毒だった。長時間吸い続ければ徐々に衰弱し、やがては死に至る。

そしてそれで終わりではない。瘴気に冒され死亡した生物は理性と元の姿を失い、怪物になって蘇《よみがえ》った。

魔獣と呼ばれるようになったその怪物の強さは驚異的だった。

個体差はあったものの強力なものなら一体で一つの砦《とりで》を攻め落とすことすらあった。そしてそんな魔獣が世界各地で猛威を振るった。

もちろん生き残った人々もそれに対抗しようとした。だが数も質も向こうの方が上。そんな魔獣が一日中でも一週間でも一ヶ月でも休み無く押し寄せてくるのだ。

生き残った人類は次々と駆逐されていき、一年も経つ頃には世界の人口は元の百分の一ほどまでに減っていた。


しかし、光明《こうみょう》はあった。

研究の結果、魔獣は魔樹が放出する瘴気をエネルギー源として動いていると、そしてその瘴気を遮断すれば活動を止められると特定した。つまり、魔樹さえどうにかできれば魔獣を止めることができると。

とはいえ魔樹はあまりに強固で巨大だった。いかな物理兵器でも大魔法でも、完全に破壊するのは不可能だった。

……しかし、それはアルカが解決した。もっとも、解決と言うにはあまりにもあんまりなものではあったが。


――異空間封印魔法。

アルカが生み出した、一定範囲内のあらゆるものを世界の外側、異空間へ閉じ込め封印する極大魔法。

とはいえそれは未完成の魔法だった。異空間に関してはアルカ本人にもわかっていない点が多く、そもそも人間が理解できるような答えがあるのかすらわからない不安定な魔法だ。

だが時間がなかった。人類はもはやそれに賭《か》けるしかなかった。

残った全ての戦力と資材を投入し、魔樹封印作戦は実行された。そして参加した兵士や魔法使いがほぼ全滅という多大な犠牲を払いつつも、その作戦は成功した。


ただ、異空間封印魔法にはいくつか重大な欠点があった。

一つ。術式があまりに複雑であり、製作者のアルカ以外には使えないこと。

一つ。術者は封印対象と共に異空間へ行き、日々変化する異空間の状態に合わせて術式を書き換え続けなければならないこと。

一つ。術者は封印の間、長時間意識を途切れさせてはいけないこと。


アルカが魔樹を異空間に封印してからすでに三ヶ月が過ぎていた。

魔樹から溢《あふ》れ出している魔力の量は膨大だ。皮肉なことにその魔力を使えば封印を維持するのは容易《たやす》かったし、アルカの技術をもってすれば『肉体の時間の流れを止めて擬似的な不老不死となる』という常識破りも可能だった。

肉体面の問題はすでに解決している。なので後は精神の問題だ。

この封印の性質上、アルカは意識を失う訳にはいかない。それが何年でも何十年でも何百年でも。長時間意識を失えば封印が解け魔樹は元の世界に戻る。そうなれば再び魔樹は瘴気をばら撒き、かつての惨劇が繰り返されるかもしれない。


これまでの人生に思いを馳《は》せる。

（いいかいアルカ。魔法っていうのは、みんなを笑顔にするためにあるんだ）

初めて両親に魔法を教わった時の言葉は今でも胸に残っている。

（見事だ。お前ももう立派な魔法使いだな）

いつも厳しかった師匠に初めて褒められた時のことを思い出すと思わず頬《ほお》が緩《ゆる》んでしまう。

（アルカ、あたしね、あんたのことが……好き）

決戦前夜に幼馴染にそう言われた時は涙が出るほど嬉《うれ》しかった。

（行くぞ！　ここに集いし一騎当千の英雄達よ！　心せよ、これは世界を救う戦いである！）

そう高らかに演説した上官はアルカの盾《たて》になり死んでいった。

首から下げた紅い宝石のペンダントを愛《いと》おしそうに撫でる。

それは決戦前夜に『みんなで作ったお守りだよ』と幼馴染がプレゼントしてくれたものだ。――そしてアルカの手元にある唯一の、仲間達の遺品でもある。

かつての仲間達を思い出し、切なげな笑みを浮かべた。

「大丈夫だよみんな。僕は頑張れる。絶対に、みんなの犠牲は無駄にしない」

自分に言い聞かせるようにそう言った。


——そうして、一年が過ぎた。

（元の世界はどうなっただろう？　無事に復興できているだろうか？　生き残った人達は……あの子は元気にしているだろうか？）

魔樹の前に座り込みながら外の世界のことを考える。

……自分の屋敷に仕えてくれていた幼い召使いの女の子には、自分がもう帰ってこないことを伝える事ができなかった。

『美味《おい》しいご飯を作って待ってます』と無邪気《むじゃき》に言ったその子の笑顔を思い出すと胸が締め付けられる。

……悲しい思いをさせてしまっただろうか？　寂しい思いをしていないだろうか？　最後にもう一度、頭を撫でてあげたかった。そんな事を考え、自嘲気味に首を振る。

「……やめよう。考えると元の世界が恋しくなってくる」

時間と魔力はいくらでもあるので、資料も機材も無い状態ではあるが魔法の研究に打ち込むことにした。

魔樹が現れてから忙しくて、研究したいことや考えたいことがいろいろ溜《た》まっていたのだ。

——それに、魔法のことに没頭している間は寂しさも少しだけ和らいだ。

——十年が過ぎた。

(寂しい。まずい、しんどい)

肉体の三大欲求、食欲、睡眠欲、性欲は肉体の時間を止めることでだいたいは克服できた。

だが精神の欲求、他人を求める欲というのは、如何《いかん》ともしがたいものだった。

(昔は何ヶ月も研究室に篭《こも》りきりでも気にならなかったのに。寂しい、寂しい。誰《だれ》かと話したい。僕の声に応えて欲しい)

だから昔の楽しい事を思い出して自分を慰める。なのに、ほんの数秒ではあったが、自分を命がけで守ってくれた上官の名前がすぐに出てこなくて怖くなった。

——五十年が過ぎた。

以前のような人恋しさはあまり感じなくなってきていた。

——いや、違う。大切だった人が、会いたい会いたいと思い続けていた人の記憶がどんどん薄れていくからそう感じるのだ。

まだ親や幼馴染の名前と顔ははっきり思い出せる。だが、地面に書いた友人の名前を見てもその顔がはっきりと思い出せなくなってきている。

それが怖いと感じた。記憶を修復する魔法の研究を始める。

——百年が過ぎた。

精神が枯れて、乾いていくのを感じる。

記憶が欠け落ちていく。みんなのことを思い出せなくなってきている。その後に待っている完全な孤独が怖い。全て無くしてしまうのが怖い。

——嫌だ、嫌だ、嫌だ。

ついに親や幼馴染の顔まで曖昧《あいまい》になってきた。嫌だ、一人にしないでくれと泣きわめいた。

記憶を修復する魔法の完成を急ぐ。

——三百年が過ぎた。

かなり時間はかかったが記憶を修復する魔法は完成し経過も良好だ。魔法の研究の合間には修復して想起した思い出に浸って時を過ごすようになった。

（……元の世界はどうなっただろうか？　魔法の技術もさぞ進歩したんだろうな）

元の世界の想像を膨らませるのを数少ない楽しみとしつつ、自分も魔法の研鑽《けんさん》に勤《いそ》しむ。

――五百年が過ぎた。

記憶を修復できなくなってきた。

どうやら修復の回数は無制限とはいかないらしい。何度も何度も修復した記憶ほど修復は難しくなるようで、他の事は思い出せるのに親しくしていたはずの人達の顔を思い出そうとすると顔の部分が虫食いになったかのように欠けている。


――七百年が過ぎた。

もう誰の名前も顔も思い出せない。

それでもかつて紡《つむ》いだ絆《きずな》の温《ぬく》もりがまだ残っている。それを燃料にして魂を燃やし続ける。


――九百年が過ぎた。

封印を始めた時から研究を続けていた最後の魔法がようやく完成した。嬉しい気持ちになるなんていつ以来だろうか。

ただ、不意に意識が飛ぶことが多くなってきた。すぐに我に返ってはまだ目の前に魔樹があることに安堵《あんど》する。そんな毎日を送っていた。

――千年の時が、流れた。

意識が朦朧《もうろう》とする。今にも閉じそうな眼をどうにかこじ開け、呪文を紡ぎ記憶を修復。

けれども、かつて大切だったはずの人達のことについてはほとんど何も思い出せなかった。

それでもかすかに残った思い出の残滓《ざんし》を振り返る。

（……正直、最初は世界の危機だと言われてもあまり実感が湧かなかった。僕にとっての世界はとても小さくて、僕にとっての大切な人……両親や幼馴染、師匠や友人、上官なんかがそれだった。僕が必死に戦ったのは僕の小さな世界を護るためだった）

一枚の絵のように、色あせた思い出を想起する。

もはやぼやけて掠《かす》れてほとんど何も見えないが、それがかけがえのないものだったということだけは今も昔と変わらない。

（まあ、僕はそれなりに強かったから周りの人達は僕を英雄だの何だの呼んだけど、僕にとっては大勢の無辜《むこ》の人達のために戦える彼等こそ英雄だった。……みんな、死んだ。護れなかった。だけど、僕の大切な人はみんな死んだ。僕の世界は壊れてしまった）

――だけど、それでも。

託された。多くのものを、想いを託された。

それは結局のところただの意地なのだろう。散っていった彼等に胸を張れる自分でありたい。自分に託した彼等の選択が正しかったと証明したい。

自分が頑張ることによって保たれた平和こそが、失ったものの価値になると信じて頑張り続けた。

(……だけど、それも……もう…………)

アルカは懐《ふところ》から紅い宝石のペンダントを取り出す。

もう顔も名前も思い出せない、けれども大切な誰かがくれたもの。これまで挫《くじ》けそうな時に何度も何度も勇気を与えてくれたかけがえのない宝物。

……それを見ても、もう心の火は灯《とも》らない。

(ごめん……みんな……)

眼を閉じる。閉じてしまう。

(だめ……だ。まだ、あと、もう、すこし――――)

一章　魔法使いは少女と出会う

The Wizard of the Farthest

月明かりの差し込む廃墟《はいきょ》。そこで不意に異変は起きた。

ぐにゃりと不自然に景色《けしき》が歪《ゆが》み、まるで空間に穴が空いたような黒い球体が現れる。そして一人の青年がそこから吐き出されるように床に落ちた。

どうやら気を失っていたらしい青年は床に落ちた衝撃に小さくうめき声を上げ、最初はゆっくりと、そしてすぐに驚愕《きょうがく》に眼を見開いた。

「…………………え？」

青年――アルカ＝ニーベルクは何が起きてしまったのかを理解するために数十秒の時間が必要だった。

硬い床の上で身体を起こし、首を動かして周囲を確認する。

屋内。どうやら大きな施設の中のようだ。床には分厚くほこりが積もり瓦礫《がれき》が散乱している。床のひび割れた部分から草花が生えている様子も見られる。

「ぐ……あ……!?」

全身に激痛が走る。それは魔樹からの魔力が切れ、止まっていた肉体の時間が再び動き始めた事による揺り戻しだった。

本来人間の身体は千年以上生き続けられるものではない。それを無理やり引き伸ばしていたことによる反動。止まり錆《さ》びついていたブリキ人形を無理やり動かすような軋《きし》み、のたうち回るような痛みに襲われる。

魔力を紡《つむ》ぎ直し、揺り戻しによる激痛を抑えるまで約一時間。その一時間の苦痛が、封印が解けてしまったことをあらためて自覚させてくれた。

乱れた呼吸を整え、傍《かたわ》らに落ちていた自分の杖《つえ》を引き寄せそれを支えに立ち上がる。

「ここは……？」

周りの様子を確認する。

人の気配は無い。アルカの知るどの建物よりもさらに大きな何かの施設。

彼がいるのはその中の広場のように開けた場所。見上げると天井《てんじょう》まで吹き抜けになっており五階の高さまで見通すことができた。

天井には大きな穴が空いていて、そこから月明かりが差し込んできている。少し肌寒い。

「ショッピング……モール？」

そう書かれた看板が半分ずり落ちたような状態でぶら下がっているのを見つけた。どうやら文字は自分の知っているものと変わらないらしい。

ショッピングということはここは何らかの商業施設ということか。そう考えあらためて周りを見回す。

「だけど……この惨状は……」

壁には爪《つめ》で切り裂かれたような跡が刻み込まれている。床には乾ききった血の跡と無数のガラスの破片が散らばっている。明らかに何かしら戦闘、あるいは虐殺があった形跡がある。

心臓が鼓動《こどう》を早くする。息が苦しい。どうしようもない焦燥感が湧《わ》いてくる。

杖にすがるようにしながらまだ動かし辛《つら》い身体を引きずるようにして辺りを探索する。

だがどこを見ても結果は同じ。荒れ果てて、床には分厚くほこりが積もっている。人っ子一人見当たらない。物音を立てるのがはばかられるような静寂の中で自分の足音だけが響いている。

アルカはいつしか走り出していた。まだ足元がおぼつかなかったがそんなものには構っていられなかった。

——誰《だれ》か……誰か……誰か！　悲鳴を上げそうな焦燥感に苛《さいな》まれながら走り続ける。

そして——。

（今、何か聞こえた……！）

その方向に駆け出した。瓦礫に躓《つまず》いて転び口の中に血の味を感じた。それでもすぐに立ち上がり、何度も転びそうになりながらも音のした方向を目指す。

そうして必死に走った先で見つけたのは、乾ききってミイラ化した人間の死体と、それを貪《むさぼ》り食う三匹の犬の後ろ姿だった。

「あ……」

足を止め、一歩後ずさる。死体を貪っていた犬の一匹がこちらに気づいて振り向いた。

――その頭は縦に裂け、裂け目にはズラリと鋭い歯が並び粘液が滴《したた》っていた。

「魔……獣……？」

足元がぐらぐらして、立っていられなくて、アルカはその場に膝《ひざ》から崩れ落ちた。

――魔獣がいる。つまり、魔樹が復活している。

予想はしていた。だがいざ現実として眼にすると、それはアルカの心を砕くには十分なものだった。

(自分はどれぐらい眠っていた？　封印が解けてからどれぐらい時間が経《た》っている？　世界はどうなった？　人類は……滅びてしまったのか？)

ぐらぐらと世界が揺らぐ。抱え込むように両手で頭を包む。

(僕が、封印を守れなかったせいで？)

息ができない。苦しい。苦しい。苦しい。

今まで支えにしていたものが根こそぎ奪われた感覚。手が震える。これは悪い夢か？　自分がわからない。現実がわからない。自分は今、何処にいる？

アルカに気づいた三匹の魔獣が低い唸《うな》り声を上げながら近づいてくる。だがそれを見ても身体が動かない。

自分を喰《く》らおうと三匹の魔獣が近づいて来ているのは見えているのに、それに対してどうしようという意思が湧いてこない。

バキバキと音を立てて魔獣の頭が縦に大きく裂けた。

――ああ、自分の頭を丸かじりするつもりなんだろうな、と。アルカはそれをどこか他人事のように見ていた。

もう心も身体も動かない。『逃げなければ死ぬ』とわかっていても『もうそれでいい』と思ってしまっている。目の前に魔獣の牙《きば》が迫る。

（ああ……神さま）

知らず、頬《ほお》を一筋の涙が流れた。

（この結末は、いくらなんでもあんまりじゃないですか……？）

そして魔獣の牙はアルカの頭蓋を嚙《か》み砕《くだ》き、彼はその長い一生を終える……はずだった。

「危ない!!」

「ッ⁉」

少女の声がした。アルカは反射的に身体を仰け反らせた。鼻先を掠《かす》めるような距離で魔獣の口が閉じられる。

直後に連続した破裂音のようなものが聞こえて、三匹の魔獣の側面から次々と血が吹き出した。

三匹の魔獣が倒れる。側面にはまるで蜂の巣のように穴が空いている。

(――これは今の時代の魔法か？　いや、そんなことより……！)

アルカは声のした方を見た。

「大丈夫ですかお兄さん⁉」

そう言いつつ駆け寄ってきたのは見た感じおそらく十代半ばぐらいの少女だった。

肩にかかるぐらいの明るい赤髪。琥珀《こはく》色の大きな瞳《ひとみ》が心配そうにアルカの顔を映している。

服はこんな場所にもかかわらず割と軽装。その上から分厚い上着を羽織《はお》っている。それに何やら、猫の耳のような突起が付いた帽子。加えてアルカがまったく見たことのない変わった形状の黒い杖を持っていた。

「大丈夫ですか？　怪我《けが》してませんか？」

その少女はもう一度聞いてくる。

「あ、ああ……、うん」

半分呆《ほう》けながらそう答えると、その子は胸に手を当てて心の底からホッとしたような顔をして「よかった」と呟《つぶや》いた。

その仕草《しぐさ》があまりにも自然だったもので、ああ、この子は優しい子なんだな。と、アルカは何の疑いもなく思ってしまった。

「とにかくここは危ないです。ひとまず安全なところまで行きましょう」

その子はそう言って手を差し伸べてくる。アルカは戸惑《とまど》いながらもその手を掴《つか》んで――

泣いてしまった。ボロボロと大粒の涙が溢《あふ》れて止まらない。

「え⁉　ご、ごめんなさい！　痛かったですか⁉　やっぱりどこか怪我を⁉」

少女はオロオロしているがアルカは答えない。いや、答えられない。

――それはアルカにとって千年以上ぶりの人の温《ぬく》もりだった。ずっとずっと、恋しいと思い続けた温もりだった。

「えーと……もしも～し？　大丈夫ですか？　私の声ちゃんと聞こえて……わきゃっ⁉」

その少女に抱きついた。みっともないことこの上ないが、まだ幼さの残る少女の胸に顔を埋め、子供のように泣きじゃくった。

「あ、あの……？」

「ありがとう……。本当にありがとう……」

戸惑う少女にどうにかその言葉を絞り出す。すると少女は、少したためらいながらもアルカの頭に手を回した。

「よっぽどこわい目にあったんですね……。大丈夫ですよ。私がついてますから……」

そう言って少女はアルカをギュッと抱きしめてくれた。

伝わってくる心臓の鼓動。肌の温もり。そして何よりその優しさが心地よかった。

心地《ここち》よかった。その温もりが、そして何よりその優しさが心地よかった。

そうしてようやく、アルカは元の世界に帰ってこれた気がした。

――だが穏やかな時間は長くは続かなかった。

低い獣の唸り声が聞こえた。音か血の匂《にお》いに反応したのか、周囲を確認すると十……いや、暗がりの中に浮かぶ眼光を含めればそれをゆうに上回る数の犬の魔獣に囲まれていた。

「……ちょっと失礼しますね」

「え？　わっ⁉」

それに気がついた少女の反応は早かった。ひょい、と細身ではあるが大の男であるアルカを少女は軽々と肩に担《かつ》ぎ立ち上がった。

素早く周りを見回し、魔獣の包囲が一番薄い場所を即座に割り出すとそちらに向けて走り出す。

魔獣の一匹が少女を迎え討《う》つように飛びかかってくる。だが少女はアルカを担いだままその魔獣の頭を踏みつけて大きく跳躍《ちょうやく》し、軽々と包囲を飛び越えた。

「フラッシュグレネードを使います！　眼と耳を塞《ふさ》いでください！」

「フラ……なんだって？」

言うが早いか、少女は筒のようなものからピンを抜き足元に落とした。

数秒の間。それは凄《すさ》まじい閃光《せんこう》と高音を辺りに撒《ま》き散らす。

「うわあっ⁉」

アルカはたまらず悲鳴を上げた。閃光が視界を覆《おお》い、音が耳をつんざく。何も見えない。聞こえない。ただ振動で自分が荷物のように運ばれていることだけがわかった。


——数分ほど経っただろうか。

「もういいかな？　下ろしますね？」

魔獣の群れから逃げ切ったと判断したのだろう。少女は担いでいたアルカを床に下ろした。

「すいません、さっきは急なことだったので。大丈夫ですか？　眼と耳に違和感はありません？」

少女は心配そうな顔でアルカを見ている。まだ眼はチカチカするし耳も聞こえにくかったがアルカはどうにか笑い返した。

「ああ問題ない。ありがとう。あと、こちらこそさっきはごめんね？　その、いろいろと」

一瞬少女はキョトンとした顔をした。アルカの視線を辿《たど》り自分の胸元を見る。

……そこはアルカの涙やら鼻水やらでびしょびしょになっていた。なんだか気恥ずかしい。

「あはは、大丈夫です。気にしてませんから。……ちょっと冷たいですけど」

少女は明るく笑うと大きな眼で、今度は興味深げにアルカを見る。

「それにしてもびっくりしました。生体センサーを見てたら人の反応があって、誤作動かな？　とも思ったんですけど、念のために来てみたら本当に人がいたんですもん。……いつからこのショッピングモールに隠れてたんです？」

「ん……まあ、けっこう前……からかな？」

――せーたいせんさー？　新しい魔法だろうか？　アルカはそんなことを考える。

（なんせ千年以上経っているんだ。僕がいない間に魔法もさぞ発展したことだろう。……まあ、それはおいおいとしておこう）

少女に引っ張り上げられ、アルカは立ち上がった。

「とにかくいったん落ち着ける場所まで行きましょうか。少し行った場所に私がベースキャンプにしている所があるんです。そこまで歩けそうですか？　無理そうなら私が背負いますけど」

「い、いや、大丈夫だよ」

そうして、少女に先導されながらベースキャンプとやらを目指して歩き始める。

歩きながらアルカは必死に頭の中で状況を整理していた。

――魔樹の封印が解けてしまったのは間違いないだろう。おそらくは相当の被害が出たことも間違いない。

……そのことを考えると心が潰《つぶ》れそうになる。自分がもっと頑張っていればこんなことにはならなかった、と。

だがそんな時不意に、誰かの言葉が頭に浮かんだ。

『絶望ばかり見てるとね。人って前に進めなくなるの。だからさ、あたしは希望だけを見るんだ。どんなに絶望的な状況でだって、希望に向かってゆっくりでも進んでいけば、いつかどこかに辿り着けるかなって』

――昔、誰かがそう言っていた。

もう顔も名前も思い出せない、けれどもかけがえのない大切な人がそう言っていた。まるでその誰かが自分を励ましてくれているようで嬉《うれ》しかった。

（そうだ。希望はある。少なくとも今、僕の眼の前に生きた女の子がいる）

そう考え、少女の方に視線をやる。するとちょうどこちらを振り返った少女と目が合った。

少女は柔らかな笑顔を浮かべる。

「結構早足で歩いてますけどついてこれてます？　もう少しゆっくり歩いた方がいいですか？」

そう言って少女はまだ微妙に足元がおぼつかないアルカのことを気にしつつ歩いてくれる。

本当に優しいいい子だな、とアルカは笑った。

「大丈夫だよ」と答えつつ少女の姿を観察する。

おそらく専門の訓練を受けたことがありそうだ。歩き方や周囲の警戒の仕方に多少不慣れながらも洗練されたものを感じる。

服装はずいぶん変わった印象を受けるが、これが今の時代の戦闘服なのだろうか？

……アルカの国では魔法使いは裏地にルーン文字を刻んだ外套《がいとう》というのが一般的だったが、身体強化の魔法をメインに使う魔法使いは好んで軽装で戦っていた。

常人の数十倍の速度で動くことになるので服のちょっとした引っ掛かりでも危ないんだとか。……中には全裸にボディペイントが戦闘服なんて部族もいた。ものすごく眼のやり場に困った。

何はともあれ、先程の動きから考えておそらく彼女の服装もそういう理由だろう。

アルカは自分の考えにうんうんと頷《うなず》く。

ただ、アルカの知るものと明らかに違うところもある。

まずは帽子のてっぺんに猫の耳のような出っ張りが付いているのと、服のお尻《しり》の上辺りに穴が空いていて、そこから猫の尻尾《しっぽ》のようなものが出ている点だ。

（……ふむ。今の時代はああいうアクセサリーを付けるのが流行《はや》っているのだろうか？　……いや、さっきの動きからして獣を模すことで身体能力を引き上げるとかそういう魔術的な効果のあるものかも。そうだったなら後学のためにも是非《ぜひ》詳しく聞いてみたいな。……それに彼女の持っている魔法の杖）

少女の持っている短めの黒光りする杖に視線をやる。

アルカの使っているのは樹齢五千年以上の神木の枝を加工し、頂部に長年魔力を込め続けた宝玉をはめ込んだもの。

長さはアルカの背丈くらい。最高品質ではあるが形はわりとオーソドックスな魔法の杖だ。

だが少女のものは何から何まで違う。

長さは地面から腰ぐらいまで。質感からしておそらくは金属製。持ち手が付いていたり用途のわからないパーツが付いていたりと何やら複雑な形だ。少なくともアルカが知る魔法の杖の形とはかけ離れている。

（ふむふむ。金属はどうにも魔法と相性《あいしょう》が悪いから杖には使わないというのが常識だったけど、どうやらその常識は変わったようだ。いやこれは実に喜ばしい。魔法というのは日進《にっしん》月歩《げっぽ》。僕の知る知識もずいぶん時代遅れになっていることだろう。よし、初心に返ったつもりで勉強し直さないと）

アルカはうんうんと頷く。

（それに僕を助けてくれた時の魔法。おそらくは遠距離攻撃魔法と身体強化魔法。それに閃光魔法かな？　あれはいい。実にいい。何がいいって魔法を使った時に魔力が漏《も》れ出すのを

全然感じなかった。つまりそれは使った魔力を完璧《かんぺき》な効率で魔法に変換できているということだ。素晴《すば》らしい）

「あの〜、どうかしました？　さっきから私の方ずっと見てますけど……」

「ああ、ごめんごめん。いや、君のその杖いいなと思ってね。うん、いいね。とてもいい」

「杖？　……私のライフル銃のことですか？　お兄さんはミリタリーとか、こういうの好きなんですか？」

――なにやら不思議そうな顔をされたが、何はともあれあの杖はライフル銃という名前の魔法の杖らしい。

（いいなぁ。どういう魔術的な加工がされているんだろう。きっと僕の思いもつかない素晴らしいものに違いない。いやあ、いいなあ。ああ、この時代の魔法はどんな素晴らしい進化を遂《と》げたんだろう。想像するだけで胸が躍《おど》る。まずはあのライフル銃という魔法の杖、解析したい。解体して調べたい。あとで頼んでみようかなーふふふふふ……）

……正直なところ、アルカはウキウキしだしていた。

千年前も天才、英雄、といった触れ込みに加えて本人の穏やかな性格と知識、実力のおかげで多くの人が『彼は完成された素晴らしい魔法使いだ』などと勘違いしていたが、実際の彼は言ってしまえば『魔法オタク』であった。

『初めて謁見《えっけん》した国王陛下に喜々として魔法なんたら理論を語り始めた馬鹿《ばか》はお前が初めてだ』と昔上官に呆《あき》れられたことさえある。

しかも、千年以上の封印中における数少ない楽しみが、魔法の探求と魔法がどのような進化を遂げたか想像することだったのだ。もう暴走寸前である。

「んしょっと。こっちですよ～」

少女は『防火扉』と書かれた金属製の扉を開けて中に入っていった。アルカもそれに続く。

扉を開けた先もまだ通路は続いていたが、通路の向こう側も同じような扉が閉まっており、細長い部屋のようになっている。

「ナビ。私です。こっちに魔獣は来ませんでした？」

『生体反応確認。……フィル＝フェンリットと未確認の人間一人の生体反応を確認。フィル＝フェンリットが発見した生存者と判断。問題なし。質問に回答。こちらに魔獣は来ておらず、周囲に反応も確認されない』

少女が声をかけると物陰からやけに抑揚《よくよう》の少ない男性の声で返答があった。

――フィル＝フェンリットというのはこの子の名前だろうか？　そういえばまだお互いに自己紹介もしていなかったな。そんなことを考えていたアルカの前にそれは姿を現した。

（待った。待て待て待って待って⁉　何あれ⁉）

それの大きさはリンゴぐらい。人間の眼を模したような形の球体の上に、横向きにした風車が付いたような造形だった。そして、それがアルカの目線ぐらいの高さで浮いていた。

（何だこれは。人間で無いことだけはわかるが何だこれは。材質は僕の知る金属や木材、石材、そのどれとも違う何だこれは。人形魔法とか使い魔の類か何だこれは）

アルカは眼を白黒させつつゴクリと息を呑《の》む。

「あの！　あ、あなたは⁉」

その球体に思わず敬語で聞いてしまった。

――いや、この対応が正しいはずだ。もしかしたら高位の精霊が物に宿った姿という可能性もありうる。ならばちゃんと敬意を払わなければ。

（もしそうだったらこの女の子の方もとんでもなく高位の魔法使いということになるわけで、どっちにしろいきなり抱きつくとかものすごく失礼なことやらかしたわけだけど。うん、よし、もしそうなら後で謝ろう。土下座して謝ろう。そしてどういう魔法を使ってるか詳しく教えてもらおう）

内心ドキドキワクワクしているアルカに対し、その球体は空中に浮いたままアルカの方に向き直りウィンウィン音を立てる。

『質問に回答。当機は多目的用ナビゲーター型ドローン。通称ナビ。現在、フィル＝フェンリットの支援行動を行っている』

その回答にアルカは歓声を上げたいのを必死に堪えていた。

（すごい……！　抑揚は少ないけど会話が完璧だ。ドローンというのはよくわからないけど精霊の類ではなさそうだ。そうなるとやはり人形魔法か使い魔の発展した姿か。素晴らしい。素晴らしい。素晴らしく素晴らしい。解析したい。解体したい。魔法ここまで進んだかいやっほう！　……いや、いや。落ち着け、落ち着くんだ。確かに素晴らしいが今はそれ以上にいろいろとやらなければならないことがあるはずだ。うん、よし。まずは自己紹介。これは時代が変わろうと基本だろう）

「あ、そういえば自己紹介もまだでしたね」

グッドタイミングと言うべきか、少女の方も同じ事を考えたようだ。少女は被っていた帽子を取って頭を下げる。

――その頭にはピンと立った猫のような耳が付いていた。

「私の名前はフィル＝フェンリットといいます。よろしくお願いしますね、お兄さん」

「……ふぇ？」

アルカは思わずマヌケな声を出してしまった。

「？　あの、どうかしました？」

少女――いや、フィルは小鳥のように首を傾《かし》げる。

アルカはそんなフィルの頭に付いている猫耳をマジマジと見つめる。

——アクセサリーには見えない。というかピクピク動いている。それに髪で隠れていてはっきりとは見えないが、本来耳があるべき場所に耳が見当たらない。

（いや、あとそれにフィルちゃんのお尻の辺りに付いてる尻尾、あれもよく見たらなんか動いてない？　え？　もしかして生えてる？　え？　ほんとに？）

変身系の魔法かとも思ったが魔力を使っている気配はない。普通に、最初から、それが自然のものとしてその猫耳と尻尾はフィルに付いているのだ。

アルカは金魚のように口をパクパクさせている。フィルはそんなアルカを不思議そうに見ている。

「ええと、フィルちゃん……で、いいかな。その耳、と、尻尾……本物、かい？」

「え？　はい、そりゃあ本物ですけど」

フィルは不思議そうな顔をして耳をピコピコ、尻尾をパタパタ動かして見せてくれた。

「そんなに珍しいです？　デザイナー・チャイルドも最近はだいぶ増えたって聞きますけど」

「デザイナー……チャイルド？」

聞いたことが無い単語ではあったが意味はなんとなく語感でわかる。

——けれども、それはなんて……。

アルカが呆けているとフィルが少ししょぼんとした顔をした。

「……お兄さんって『遺伝子操作なんて自然の摂理に反してる』って言うタイプの人ですか？　だったら……」

「素晴らしい……！」

「ざんね……ええ……？」

フィルがアルカを見る眼がどんどん不審なものを見る眼になってきている。ただ、今のアルカは自分の感情をどうにか制御するだけで手一杯だった。いや、あまり制御できているとも言えない状態だったが。

「す、少し！　触ってみてもいいかな！」

興奮で声が上ずりそうになるのを辛うじて堪える。

「は、はあ。ちょっと触るぐらいならいいで……ひゃんっ⁉」

さっそく触る。迷わず触る。

ピンと立った耳の先端を撫《な》でてみたり指の腹で擦ってみたり。ふにふにと柔らかな感触が心地良い。癖《くせ》になりそうだ。

「ふむ、ふむ。ふむ！　体温がある！　脈がある！　間違いなく！　正真正銘《しょうしんしょうめい》本物の耳だ！」

「あ、あはは！　や、やめっ！　待ってくだっ！　そ、その触り方……く、くすぐった……〜〜っ」

「おお、やはりちゃんと神経も通っているのか！　ああ……君はなんて素晴らしいんだ！」

「ひにゃあっ⁉」

　なんだかもうたまらなくてアルカはフィルを力いっぱい抱きしめた。

「ああ……ああ、素晴らしい！　この時代の魔法使いは魔道の最果て、魔法使いの四つの悲願の一つ。『新たな生命の創造』にここまで近づいたのか！」

　アルカはもう何か暴走気味にフィルを抱きしめ、耳や尻尾を触りまくっている。フィルがくすぐったくて悶絶《もんぜつ》しているのだがそれにまるで気がついていない。

「うん！　うん！　この感じだと錬金術の分野で研究されていたホムンクルスの技術が発展したのかな？　とにかく後進の錬金術師君達グッジョブ！　もうほんとグッジョブ！　ありがとう！　感動した！　ああしかしそうなると参った。僕あんまり錬金術は勉強してなかったからなぁ。もうちょっとかじってたらもっといろいろわかったろうに。ああくそ『なんか性に合わない』なんてくだらない理由でちゃんと錬金術勉強しなかった過去の自分をぶん殴ってやりたい。本当に惜しいことをした。いや、いやいや！　ここはポジティブに考えよう。知識が無い分先入観に邪魔されないで勉強できると考えるんだ。ふっふっふ、よぅし頑張るぞーいやっほ――ウゴフゥッ⁉」

　フィルのボディブローが炸裂《さくれつ》した。

　もろに入った。アルカはたまらずその場に崩れ落ちる。見上げるとフィルは顔を真っ赤《まか》にしてゼーゼーと肩で息をしていた。

「く、くすぐったいからやめてって言ったじゃないですか！　いきなり抱きついて耳も尻尾ももみくちゃにするとか何考えてるんですか⁉」

「ゲホッゴホッ。ご、ごめんよ。ゴホッ、つ、つい感極《かんきわ》まってしまって……う、ゴホゴホ」

「……あの、ごめんなさい。大丈夫ですか？　変なとこ入りました？　背中さすります？」

そう言って背中をさすってくれる辺り、やっぱりいい子である。

背中をさすってもらい、アルカはどうにか回復する。ただ……やはりさっきの行動はまずかった。

フィルがさっきより大きくアルカと距離を取っている。そりゃ年頃《としごろ》の女の子にいきなり抱きつく男とか警戒して当然である。

「……えと、お兄さんって何者なんです？　普通の人とは服装も雰囲気が違いますし。くすぐったくてはっきりとは聞き取れませんでしたけどさっきなんだか妙なことを言ってたような……」

「ああ、そう言えば自己紹介の途中だったたね」

そう言いつつアルカはチラリと考える。

——とにかくいろいろと挽回したいが……今の時点では詳しい所まで話すのはよした方がいいだろう。

一応ニーベルク家といえば王族とも繋《つな》がりのある有力貴族ではあったが流石《さすが》に千年も経っ

てると残っているかわからない。

アルカ個人も千年前に魔樹を封印した英雄ということになるのだろうが、事情も知らない少女にいきなりそんなことを言っても胡散臭《うさんくさ》く思われるだろう。だからここは無難に……。

「僕の名前はアルカ＝ニーベルク。ただのしがない魔法使いさ」

「……はい？」

――なんでだろう？　無難に答えたはずなのにものすごく困惑されている。

「あ、大丈夫だよ？　僕は黒魔法使いじゃなくて国公認の白魔法使いだから。っと、もしかしたらその辺の仕組みも変わってるかもしれないか。うん、なんにせよ僕は悪い魔法使いじゃないから安心してね？」

――なんでだろう？　何故《なぜ》かフィルが苦い顔をして頭を抱えてしまった。

「……ナビ。え～っと……どうです？」

フィルが引きつった笑顔を浮かべながらそう聞くとナビがアルカを見ながらウィンウィンと音を立てて答える。

『回答。対象の心拍数《しんぱくすう》等にいわゆる冗談や嘘《うそ》を言っている様子は見受けられない。本気で自分のことを魔法使いと思っていると判断。相談を提案。フィル＝フェンリット。内密の話につきアルカ＝ニーベルクと距離を取ることを推奨《すいしょう》』

「……はい。ちょっとここでジッとしててくださいね？　勝手にどこか行っちゃダメですよ？」

　まるで小さな子どもに言い聞かせるような口調でアルカにそう言うと、フィルとナビはアルカから距離をとってなにやらヒソヒソと話し始めた。

（いったいどうしたんだろうか？　なんだか少し言い争いになってるようにも……あ、戻ってきた）

「きっとたくさん辛い目にあってそうなったんですね……。大丈夫です！　私はそんなことで見捨てたりしません！」

　――なんでだろう？　フィルがアルカを見る眼が同情と慈愛《じあい》に満ち溢れたものになってる気がする。

　そうしているとナビがフィルの隣に飛んできた。

『確認。フィル＝フェンリット。彼を連れて行くという判断に間違いはないか。現状、食料等の点から我々にも余裕があるとは……』

「いいんですその分私が頑張りますから！　とにかく見捨てるなんて絶対に駄目です！」

　フィルはナビに叱《しか》りつけるようにそう言うとアルカに手を差し出す。

「じゃあ……えっと、アルカさん……でいいのかな？　アルカさんもここで一人で残るよりは私と一緒に来た方がいいですよね？　私の所もいい環境とは言えないかもですけど、少なくとも他の子もいますし、寂《さび》しくはないですよ？」

「ん、ああ。そうだね、是非とも君と一緒に行きたい」

「はい。じゃあ行きましょっか。……大丈夫です。私が絶対守ってあげますからね」

そう言ってフィルは妙に張り切って荷物をまとめ始める。

（なんだろうか？　フィルちゃんから感じる優しさは嬉しいんだけど何かあらぬ誤解を受けている気がする）


――アルカはフィルに連れられ、先程までいたショッピングモールという建物を出た。

夜ではあったが、煌々《こうこう》と照らす月明かりによって遠くまでよく見える。冷たい空気。吐く息が白い。今の季節は冬だろうか？

……辺りには人っ子一人いない。

中ほどで折れた塔《とう》のような建物。焼け落ちた家の残骸《ざんがい》。抉《えぐ》られた道路。破壊された街並み。荒涼《こうりょう》とした廃墟を冷たい風が吹き抜けていく。

「それでですね。港の方に私の乗ってきたボートがあるので、それに乗って船に戻るんです」

そう言ってアルカを先導するフィルは大きなリュックサックを背負っていた。中には保存の効くらしい食べ物がパンパンに詰まっている。

道すがら、彼女のこれまでについて簡単に話して貰《もら》った。

……彼女の住んでいた街は一ヶ月ほど前に魔獣の大群に攻め落とされたらしい。

フィルは元々軍の訓練生というもので、魔獣に街が襲撃された時に面倒を見ていた子供達をまとめ上げ、避難船に乗って逃げてきたそうだ。

街を追われた彼女達は海上都市という大きな街を目指して航海を続けているらしい。ただその途中、食料が足りなくなってきたので補給のためにさっきまでアルカ達がいたショッピングモールという所まで来たのだとか。

――まだ子供と言ってもいい年齢なのに大変だったろう。そのことを思うと封印を守りきれなかった身として胸が痛む。

（……何はともあれ、船で移動するのはいい手だ）

海や湖は比較的魔獣が少ない。理由は単純に、瘴気《しょうき》は水の中までは及《およ》ばないからだ。

もっとも、水面近くにいる生物は普通に魔獣化する場合があるし鳥のように陸から飛んでくる場合もあるので油断はできないが、少なくとも陸路で逃げるよりは遥《はる》かに安全だろう。

「……今人類はどうなっているんだい？」

「えっと……すいません。ナビの本体なら私より詳しいと思いますのでそっちに聞いてくれませんか？　通信は全然安定しないらしいけど少しぐらいは情報が入ってるはずですから……待ってください。静かに」

曲がり角を曲がる直前、フィルが口に人差し指を当ててアルカに黙るように指示する。

フィルは息を殺して角を覗《のぞ》き込み、『見て』と言うようにアルカにハンドサインを出した。それに従って見てみると人型の魔獣が道の真ん中をウロウロしていた。両腕が触手のように変化し、それをズルズルと引きずりながら歩き周っている。

「……気づかれる前に倒します。仕留め損ねたらこっちに来るかもしれませんから、心の準備はしといてください」

フィルは角を飛び出すとライフル銃と呼んでいた杖を魔獣に向けた。タタタタタッといった連続した破裂音。魔獣の身体に次々と穴が空いて倒れ伏す。

──今回はアルカも魔力で動体視力を強化してその様子をじっくり見ることができた。どうやらあのライフル銃というのを使った魔法は小さな金属の塊を高速で飛ばすという魔法らしい。

なるほど、シンプルながら消耗も少なそうだし小型の魔獣に対して実に効果的だ。アルカは感心したようにしきりに頷く。

「お見事。やっぱりいい魔法だね」

「あー、はい、うん。魔法、魔法ですね……」

気のない声でフィルはそう答えた。

フィルはライフル銃を油断なく向けながら先程仕留めた人型の魔獣に近づいて行く。そして魔獣が完全に絶命しているようだと確認するとホッとしたように肩を下ろし……哀《かな》しそうな眼を人型の魔獣に向けた。

「フィルちゃん、どうしたんだい？」

「……この子、私と同じ歳《とし》ぐらいかなって」

そう言われて、ようやくアルカはその人型の魔獣がボロボロの白いワンピースを着た女の子だということを意識した。

フィルは黙禱《もくとう》を捧《ささ》げるように静かに眼を閉じる。その姿にギクリとした。

——アルカはかつて耐えられなかった。魔獣と化した人々を手にかける度胸がなかった。だから切り替えた。それはもうただの敵だ。殺さなきゃいけない、と。

けれどもフィルは違う。彼女は魔獣と化した人をまだ人として見ている。……なのに彼女は躊躇《ためら》わなかった。自分が生きるために、あるいは彼女の帰りを待つ人のために迷うこと無く殺した。それはどれだけ強くて、どれだけ悲しいことだろうか。

「……よし！　行きましょう！」

気持ちを切り替えるようにそう言って、フィルは再び歩きだす。その後ろをついていく。

（この世界は、今どうなっているのだろう？　そして僕は、これからどうするべきだろう？）

蒼白《あおじろ》い月を見上げ、アルカは白い息を吐き出した。


「……ん？」

「あれ？　アルカさん、どうかしましたか？」

突然立ち止まったアルカにフィルは足を止めた。アルカは首を傾げつつ辺りを見回す。

「いや、何か……誰かに見られてるような気がして」

「……ナビ、どうですか？」

フィルが傍らに浮かんでいたナビにそう聞くとナビはウィンウィン音を立てる。

『否定《ひてい》。周囲にそれらしき反応は確認できない』

「ですって、気のせいですよアルカさん」

「……うぅん、気のせいって感じでもなかったんだけどな……」

アルカはそのまま歩きだす。もう気配は消えた。だが確かに、誰かの視線を感じたのだ。

まだキョロキョロとしているアルカにフィルは苦笑いした。

「にしても、魔獣あんまりいませんね？　わんさか押し寄せてきたらどうしようって最初はけっこうビクビクしてたんですけど」

『疑問に回答。この周辺はMP粒子反応が薄いため魔獣の生息数が少ない。とはいえ、風向きなどで急激に反応が変化する場合もある。油断するべきではないだろう』

フィルの呟いた疑問に傍らを飛んでいたナビが答えた。――ん？　MP粒子？

「さっきナビが言ったMP粒子ってのは瘴気のことかい？」

気になったので聞いてみた。

アルカの知識では、魔獣は基本的に瘴気の濃い場所を中心に活動する。会話の流れからしてナビの言ったMP粒子というのも同じものではないかと思ったのだ。

「っ⁉」

その言葉にフィルが驚いた顔でアルカの方を振り返った。

——しまった、何かまずい事を言っただろうか……ん？

（なんか……今までとは違ってフィルちゃんの表情が嬉しそうというかなんというか……）

フィルはアルカに駆け寄るとキラキラした眼でアルカを見上げる。

「もしかしてアルカさんも『魔法戦記』好きなんですか⁉」

「ま、魔法戦記……？」

『説明。魔法戦記とは千年以上前に端を発する、人類と魔獣の壮絶な戦いを描いた戦記物語である。魔獣の発生以前まではいわゆるフィクション作品であると考えられていたが、未来において世界規模での魔獣の発生を予言するような内容やその生態、対策等が詳細に記されていた点から事実を元にして書かれた物語である可能性が高いとして注目されている。なお、現在使われる魔獣といった呼称はその物語内で使われているものを引用しており、今で言うMP粒子もその作品内で頻出する瘴気とほぼ同じものであると考えられる』

アルカが戸惑っているとナビが説明してくれた。

——というかもしかしてその魔法戦記とやらは自分の時代の実話じゃなかろうか。

「私！　魔法戦記大好きなんです！　大ファンなんです！　アルカさんも⁉」

「あー……まあたぶん、多少は知ってるかな……」

「やったぁ！　今まで話せる相手があんまりいなかったからすごく嬉しいです！　で、アルカさんは原作派ですか？　それとも派生作や二次創作派？　私はどっちかと言うと原作派ですけどどっちもいけますよ？　どの登場人物が好きです？　どのエピソードが好きです？　好きな国は？　魔法は？　魔法戦記のお話ならどんなものでも大丈夫ですよー♪」

フィルが眼をキラッキラさせながらその魔法戦記とやらを語り始める。

（あ、これたぶん、魔法のことで語り合える相手を見つけた時の僕と同じ反応だ。で、僕と同じで止まらないやつだ）

そんなことを考えアルカはマシンガントークを始めたフィルに苦笑いを浮かべる。

ただ、こういう子供っぽい所を見られるのはなんだか嬉しかった。

「それでですね！　主人公の魔法使いがほんっとかっこよくて！　ものすっごい天才なんだけどそれを鼻にかけなくて気さくで、けど最後には……うう、だめです……、思い出したら泣きそう……それでですね。その主人公、最後には人類みんなのために魔樹を封印して……あれ？」

フィルは急に言葉を止め不思議そうな顔でアルカを見上げた。

「そういえばアルカさんの名前とか見た目とか服装とかって全部……」『警戒。生体レーダーにこちらに向かっている魔獣の反応を確認』

　突然ナビがフィルの言葉を遮《さえぎ》ってそう言った。フィルは一瞬で表情を引き締める。

「ナビ。詳しくお願いします」

『対象は大型魔獣。十時の方向よりほぼ一直線にこちらに向かっている。こちらは風下であり、どのようにこちらの位置を特定したかは不明。逃走を推しょ――』

　――地鳴りのような音と、地震のような振動を感じた。

「……逃げるのは無理そうだね」

　アルカがそう呟いた次の瞬間。五十メートルほど離れた位置にあった民家らしきものが、それを突き破るように現れた巨大な影によって粉々に吹き飛ばされた。

「な……っ⁉」

　隣にいたフィルが咄嗟《とっさ》にその巨大な影にライフル銃を向ける。だがその姿には先程までとは違う怯《おび》えがあった。

「なに……あれ……」

　フィルの声が震えている。無理もない。アルカ達の前に現れたのは正真正銘の化物だ。姿形としてはとてつもなく筋骨隆々《きんこつりゅうりゅう》で巨大な猪《いのしし》といったところだ。

　ただ、一言で巨大と言っても規模が違う。

　体長二十メートル以上……いや、三十メートルはあるだろうか？　大型の鯨《くじら》並のサイズだ。

前方に突き出た二本の牙は東洋に伝わる刀のように鋭く、地面を踏みしめるたびに僅《わず》かに大地が揺れる。

――この種類は知っている。覚えている。

別名、破城猪《はじょうしし》。

その長く鋭い牙と巨体に見合わない瞬発力による突進は城塞すら一撃で破壊するということから付けられた二つ名だ。

千年前の戦いでこの種の魔獣のせいでどれほどの被害が出たか。英雄と呼ばれたアルカでもこいつと戦うとなるとそれなりの覚悟をしなければいけなかった。

魔獣の眼がギョロリと動きアルカ達の姿を捉《とら》えた。こちらに向き直り、力を溜《た》めるかのように地面を踏みならす。

「あ……アルカさん！　逃げて！」

フィルがアルカの前に立ち、ライフル銃を向けて発砲する。だが明らかに威力が足りない。小さな金属の塊は魔獣の分厚い毛皮に阻《はば》まれてその皮にめり込むだけで終わる。

魔獣が走り出す。五十メートルあった距離が秒で無くなる。二本の牙の切っ先はフィルに向いている。

「ひっ……」

フィルが短い悲鳴を上げる。それでもなおアルカを護《まも》ろうとしている姿にアルカは胸が熱くなるのを感じた。

――ああ、時代は変わっても、人の強さは変わらないでいてくれた。

手を魔獣に向けてかざす。体内の魔力に意識を向け、練り上げる。

――多層魔力障壁、展開。

直後に分厚いガラスにヒビが入るような音がした。

「……え？」

どうやら怖くて眼をつぶっていたらしいフィルが眼を開ける。

そこには宙に描かれた幾重にも重なった魔法陣と、それによって形成された魔力障壁。そして魔力障壁に牙を突っ込んで動けなくなっている魔獣がいた。

魔獣は牙を抜こうと必死にもがいているが、逃しはしない。アルカは拳《こぶし》を握り、魔力障壁を締め上げ、牙を摑んで離さない。

「…………え？」

フィルが今度は困惑しきったような声を上げた。眼をパチクリさせて眼の前に浮かぶ複雑な紋様《もんよう》を描く魔法陣を見つめている。

「ああ、初めて見る魔法だよね。これは僕が考案した多層魔力障壁といってね。どうやら魔力障壁ってのは一枚の強固なものを作り出すよりも薄いものを何層にも重ねて作った方が破られにくいみたいなんだ」

それは奇《く》しくも防弾ガラスと同じ理屈であった。

『この魔獣と戦うならそれなりの覚悟をしなければいけない』——それは、千年前の彼の強さを基準にした場合だ。

……千年間、己《おのれ》の魔法を鍛え、磨き上げた。

『いつか封印は解けてしまう』

千年もの間、心はその事実を否定し続けていたが、頭ではわかっていた。

この世に永遠などというものはない。それは神様ですらも例外ではない。自分の心が折れるか、はたまた他の要因か。いずれにせよ、いつか封印は解けてしまうだろうと、少なくとも頭では理解していたのだ。

だから、鍛え上げない道理はなかった。いつか来てしまうその時に後悔しないために。今度こそ大切なものを護るために。

「まあ、薄いとはいえ複数の魔法の同時発動ってことになるから普通の魔力障壁と比べて難易度が跳ね上がるんだけど、そこは頑張って練習したさ。で、頑張って練習して三十二層まで重ねられるようになった」

「……え？　なん……え？　ええ？」

フィルが何やらオロオロしている。

（僕の魔法を見てびっくりしている感じだ。ふむ、この多層魔力障壁の素晴らしさと難しさ

に気づいてくれたかな？　……ちょっと嬉しい）

　アルカはついニヤニヤと口元に笑みを浮かべてしまう。

　こうして新しい魔法を披露して他の人を驚かせるのは彼の最大の楽しみの一つだった。千年ぶりでもそれは変わらなかった。

「さてせっかくだ。こういう大型の魔獣への攻撃に関してご教授しよう。……さっきフィルちゃんはあのライフル銃って杖で金属の塊を飛ばす魔法を使ってたよね？　見たところあのライフル銃は単一の魔法の使用に特化したタイプなのかな？　うん、確かにあれは小型の魔獣に対しては効率も良くとても有効だ。是非とも後で僕にも教えて欲しい。……けど、大型の魔獣の皮は固くて分厚いし、それにちょっとした傷はすぐに再生してしまうからね。ああいう細かい攻撃はあまり有効ではないんだ」

　まるで学校の先生のような口調でアルカは説明する。そんなアルカにフィルは眼を白黒させていた。

「やるなら……そうだな。貫通力の高い一撃で核を撃ち抜くのが一番スマートで理想だけど、もうちょっと難易度を下げるなら体内から焼いてしまうのなんかが有効かな？　連中は意外と高熱によるダメージには弱いんだ。うん、少しやってみようか」

　アルカはそう言うと自身の魔力に意識を向け直した。

　――炉に火を入れる。

頭に思い描くのは鍛冶場。肌を炙《あぶ》るような熱。空気を送られ燃え盛る炎。鉄を鍛える鎚《つち》の音。鉄をも溶かす溶鉱炉。

それは幻想であり、そして幻想であるがゆえに生み出せるものに限りはない。

（熱く、溶かせ、創り出せ。鋼の剣《つるぎ》。形作り、打ち鍛える。硬く、重く、鋭く。それに炎を。熱を。熱く、熱く、熱く。岩をも溶かす程に熱く。燃え盛る剣。炎の魔剣《まけん》）

イメージする。イメージする。アルカはコツンと、地面を杖の先端で叩《たた》いた。それをきっかけとして周囲に魔法陣を展開。イメージしたものを一気に現実世界に反映させる。

「え？　え？　…………えええええええええ⁉」

次の瞬間、炎が視界を覆ったかと思うと百本以上もの赤熱した魔剣がアルカの周囲に展開されていた。

（……フィルちゃんがなんか面白《おもしろ》い声を上げてるけど、こういう大魔法を見るのは初めてなのかな？）

魔獣に杖を向ける。赤熱した魔剣が暴風雨のように魔獣に殺到する。剣の切っ先が次々に分厚い毛皮を突き破り、魔獣の体内に岩をも溶かす熱を注《そそ》ぎ込む。

『アアアアアアアアアア‼』

魔獣が断末魔の悲鳴を上げる。眼や口から煙が吹き出し、山のような巨体が地響きを立てて地面に倒れ伏す。

しばらくは地面をのたうち回っていたが少しするとそれもなくなった。肉の焼ける匂いが辺りに広がる。近寄って念のため杖でつついてみるが復活する気配はない。

「うん、こんな感じかな？　久しぶりなんで少し張り切ってしまったね。……大丈夫かいフィルちゃん？」

フィルは口をパクパクさせながらアルカと動かなくなった魔獣を交互に見ている。

「え、えっと……ナ、ナビ？」

助けを求めるような眼でフィルはナビを見た。

ナビは何かウィンウィン音を立てていたが、しばらくするとビーと耳障りな音を上げた。

『理解不能。解析結果、意味不明。当機の観測機器に深刻な不具合が生じている可能性が高いため判断をフィル＝フェンリットに一任する』

「えぇぇ……え～と……え～と……」

フィルは困ったような顔で言葉を探している。

「アルカさんって……その……何者、です？」

(何者ってちょっと前に名乗ったけど……。いやあの時はただのしがない魔法使いって名乗ったし。あれだけの大魔法を使える人はこの時代でもあんまりいないのかな？　だとするとただのしがない魔法使いは無理があるか、よし)

アルカはそう考え、あらためて名乗ることにした。

「僕の名前はアルカ＝ニーベルク」

そう言ってニコリと笑う。

「ちょっと凄《すご》めの魔法使いさ」

†

アルカ達のいる場所より遥か上空。地球衛星軌道上。

青く美しい地球を望めるその場所に〝それ〟はいた。

外見としては巨大な液体金属……水銀のようなものが球体となり、宇宙空間を漂っていると表現するのが適切だろう。

だが、〝それ〟には眼があった。その眼には明らかな意思が宿っていた。

憎悪《ぞうお》、歓喜《かんき》、憤怒《ふんど》、恐怖、畏敬《いけい》、そのどれともつかない、あるいはそれら全《すべ》ての感情が入り交じった視線が、地上に向けて注がれている。

ゴボゴボと表面を泡立たせ、〝それ〟は口を作り出し、口端《くちは》を歪めて笑ってみせた。

『――見つけた』

二章　新しい願い

――ああ、神さま。こんなの酷《むご》すぎる。いくらなんでも、こんなのあんまりだ。


「え？　待って？　冗談だよね？　え？　魔法無いの？　無いの魔法？　え？　本当に？」

「は、はあ。私も魔法って本とか物語の中のものって思ってたからものすごくびっくりしたんですけど……ほ、ホントにアルカさんって魔法使い……なんですよね？」

「もちろん。……いや魔法がないなんて冗談だよね？　だってこのモーターボートっていうやつ、風魔法か何かは知らないけど魔法を使ってるじゃないか」

「いえ、これは科学……でいいのかな？　そういうのを使ってまして……」

「科学？　それはどういう魔法なんだい？」

「いや、ですから魔法じゃなくてぇ……」

フィルはそう言って頭を抱えてしまった。

アルカとフィル、それにナビはモーターボートという小舟に乗って沖に停めてあるという船に向かっていた。

──海の上を跳ねるように自ら走る小舟。これが魔法でなくて何なのか。ちなみに操舵の方はナビが舟と……ゆーえすびーけーぶる？　とにかくそんな名前の紐《ひも》で舟と繋《つな》がることでやっているらしい。

「すごいなナビ。うん。やっぱり魔法だよねこれ」

魔法じゃないというのをあくまで認めようとしないアルカに、フィルは困ったような顔でナビと視線を交わす。

「え～と……。ナビ、どうしましょう？」

『このような事態は前例が無いため、フィル＝フェンリットに判断を一任する』

「……もしかしてナビ。面倒だからって私に丸投げしてません？」

『濡《ぬ》れ衣《ぎぬ》である』

「ん～と、ん～～と……それじゃあナビ。科学の歴史とか、そういうのって出せます？」

『可能である』

ナビはそう言うとウィンウィン音を立て、空中に資料らしきものを映し出す。──いややっぱり魔法だよねこれ？

「わかります？　私も学校で習ったりしたので多少は説明できますけど」

「いや、うん。大丈夫。錬金術の発展したものみたいだから詳しいところまではわからないけどなんとなくはわかる。……けど、これ……」

アルカは映し出された文章を一気に読んでいく。

――現代の文明はやはり錬金術の発展したものをベースにしているようだ。ただ……違う。

アルカの知る錬金術と違い過ぎる。

錬金術、と魔法とは区別して呼びはするが、錬金術も魔法の親戚のようなものだ。

両者の違いは方法の違い。

自らの力をひたすら鍛え、神の奇跡を目指したのが魔法使い。

世界の理《ことわり》を解き明かし、神の奇跡を自分達の手の届く所まで引き下げようとしたのが錬金術師。

とは言え『神の奇跡を再現する』という最終目標は同じだった。

だがこの科学というものは違う。世界の理を解き明かそうとするという点は錬金術と同じだが、おそらくこちらは『世界の理を解き明かし尽くして自在に操《あやつ》る』ことが目的だ。そもそも魔力の魔の字も見当たらない。

「……ちなみに再確認だけど、魔法使いって本当に見たこと無い？」

「はい。物語とか昔話ではよく見るんですけど……ナビ、そういうのも表示できます？」

フィルにそう言われ、ナビは今度は『魔女が登場する代表的な昔話である』と言って王女の美しさに嫉妬《しっと》した魔女が王女に毒リンゴを食べさせるという内容の絵本を映し出した。

「あれ？　この魔女さん、たぶん顔見知りだ」

「マジですか⁉」

フィルがまた眼を白黒させているがアルカはもうそれどころではなかった。

「……無いの？　魔法無いの？　ホントに？」

「あの、大丈夫ですかアルカさん？　なんだかもう泣きそうな顔してますけど」

「は、は、は、は。ダイジョーブダイジョーブ」

——魔法が失伝したというのは、一応理解はできる。

千年前の戦いで主だった魔法使いはみんな死んでしまった。親のどちらかが魔法使いでなければ魔法の素質を持った子供はなかなか産まれない上、習得には時間がかかる。

復興で忙しかっただろうしおそらく魔法というものを維持できなくなったのだろう。そして、知識さえあれば誰《だれ》でも使えるこの科学というものに文明がシフトしていったと。

「うん、理解はできる。理解はできるよ？　……ただ理解と納得っていうのはまた全然違う問題であって……。うわあぁぁぁぁん‼　神さまこんなのあんまりだぁぁぁ‼」

「げ、元気出してください。あ、ほら、船が近づいてきましたよ」

「ふね……船？」

フィルの言う船の全容が見えてきた。

……巨大だった。実際は少し前から見えていたのだが上に建物らしきものが見えたので小島か何かと思っていた。

「いや待って大きすぎない？　というかなんかあの船、材質が木じゃなさそうな感じなんだけどもしかして金属？　なんでそんなのが浮いてるの？　それに帆やマストも見当たらないしどうやって動くの？　あれ？　やっぱり魔法使ってない？　ねぇ魔法使ってない？　魔法」

「ナ、ナビ……。アルカさんの眼がなんだか怖いです……」

『推奨《すいしょう》。とりあえず放置』


アルカ達の乗った小舟はその巨大な船に近づいていく。

近くで見るとあらためてその大きさがわかる。横だけでなく高さも相当あって近くで見上げるとてっぺんが見えない。材質はやはり金属製だろうか。

そして……船の後部の方を見てギョッとした。船の後部の上半分ぐらいが巨大な爪《つめ》で引き裂かれたように潰《つぶ》れている。

歪《いびつ》な形に抉《えぐ》られ中身を晒《さら》している姿は肋骨《ろっこつ》が剝き出しになった人間の姿を彷彿《ほうふつ》とさせた。

「……この船を使っているのかい？」

『肯定。現在、フィル＝フェンリット以下十五名の避難船として運用している。なお、本来の乗組員が全員死亡したことに加え、外部との連絡も繫がらないことから、緊急避難的措置として船の運行は当機が行い、乗員の中では最年長かつ軍事教育の経験のあるフィル＝フェンリットを臨時の船長としている』

「最……年長？」

ナビの言葉にフィルを見る。

――どう見ても十代半ばの、まだ幼いと言ってもいい女の子だ。この子が、最年長？

アルカとナビの会話を聞いて何か思い出したのか、フィルは暗い顔をして視線を落とした。

これは想像していたより深刻な状況かもしれない。

『ボートを回収する。水飛沫《しぶき》に注意』

ナビがそう警告すると音を立てて船の横腹がスライドして開く。アルカ達が乗っている小舟はその中に入っていく。なんとなく怪物の口の中に飛び込む気分だった。そして……。

「せーの！」『「「フィルおねえちゃんおかえりー!!」」』

子供達の元気な声が出迎えた。

中は船着き場のようになっていて、そこにはすでに何人かの子供達が待ち構えていた。そうして見ている間にも他の場所にいたであろう子供達がどんどん集まってくる。

「おかえりー」『怪我《けが》なかった？』『何持って帰ってきたのー？』

――思ったより元気そうだなこの子達。

小舟を船着き場に横付けし、フィルが小舟から降りるとあっという間に子供達が取り囲んできた。その表情はみな本当に嬉《うれ》しそうだ。

なにせ魔獣が徘徊《はいかい》する場所へ行ってきたのだ。待っている子供達も不安だったろう。笑顔で子供達の出迎えを受けるフィルを見てアルカも表情を緩《ゆる》める。

「ねえお姉ちゃん。こっちのお兄ちゃんは？」

と、今度は興味の対象がアルカに向いた。

「この人はアルカ＝ニーベルクさん。なんと！　本物の魔法使いさんです！」

「……魔法使い？」

……今の紹介はまずいんじゃなかろうか。

フィルの紹介に子供達の中でも素直そうな年少の子達はキラキラした眼でアルカを見てくれているが、それなりに大きな子達は「ああ、そういう設定ね」とでも言いたげな眼でアルカを見ている。

フィルもそれに気がついたのか少し慌ててアルカの袖《そで》をクイクイ引っ張って小声で話しかけてきた。

「あの、アルカさん。魔法、魔法見せてあげてくれません？　そうすればみんな納得すると思いますし」

「あ～……それは、ごめん」

アルカはそう言ってポリポリ頰《ほお》を搔《か》く。

「魔法っていうのは元々は『神さまからいただいた魔力を使って、できるようになったことを神さまにお見せする』っていうのが始まりでね。『神さまにお見せするための魔法を見世物《みせもの》にするとは何事だ』ってことで、言い方は悪いかもしれないけど見世物として使うことは固く禁じられているんだ」

アルカがそう言うとフィルの猫耳がしょぼんと下を向いた。

「そうなんですか……。すいません。そうとは知らず……」

「いやいや、気にしないで。こっちこそごめんね」

フィルの頭を撫《な》でる。こうして素直に引き下がってくれる辺り本当にいい子だと思う。

……本音を言えばアルカとしても是非《ぜひ》子供達に魔法を見せてあげたいのだが、そこは最低限のけじめというやつだ。

「僕の名前はアルカ＝ニーベルク。ショッピングモール……だったかな？　そこでフィルちゃんに助けられたんだ。で、フィルちゃん、早速で悪いけどここに来る前に言ってたナビの本体っていうのにいろいろと話を聞きたいんだけど」

「あ、はい。みんなごめんね。お姉ちゃんちょっとやることがあるから」

子供達の相手をしたいという気持ちもあったが今はそちらが優先だ。魔獣が復活して、世界は今どうなっているのか。……そして、自分はこれからどうするのか。

「それじゃアルカさん、オペレーションルームに行きましょう」

フィルとナビに連れられ、オペレーションルームという所に来た。

何と言うか、面妖な部屋だ。暗い球状の部屋で、まるで夜空の星々のように壁には幾つもの光が灯《とも》り絶え間《たま》なく明滅を繰り返している。

そして部屋の中央にはナビをそのまま巨大にしたような、人の背丈程もある大きな球体が浮いていてそこに向かって橋のような通路が伸びていた。

『ようこそ、アルカ＝ニーベルク』

部屋の中央に浮いていた球体がそう声を発した。

「その声……ナビ？」

『肯定。すでに貴殿《きでん》との経緯は子機よりアップロードされ把握済みである』

「……子機？　アップロード？」

『アルカ＝ニーベルクが理解しやすい言葉を思案中。……貴殿が出会った小さなナビは当機の分身のようなものであり、その分身が得た情報を当機も共有した。ゆえに、貴殿とフィル＝フェンリットのここまでの経緯は把握している』

アルカは心の中で小さく感嘆の声を上げる。サラッとやってはいるがこれは相当高度なことだろう。

「じゃあ、ナビ。今の世界がどうなっているのかを聞かせて欲しい」

『…………』

「ナビ？　どうかしました？」

反応が遅いのを不審に思ったのか、隣にいたフィルがどうかしたのかと尋ねてみる。

『問題なし。フィル＝フェンリット。周囲に映像を表示する。少し下がってもらいたい』

「あ、はい」

フィルが離れるとアルカの周りの空間に映像が現れた。

『約十八年前。世界各地でＭＰ粒子……貴殿に合わせるならば瘴気《しょうき》と、魔獣と呼ばれる敵性存在が発生した』

「十八年⁉」

自分が目覚めたのと封印が解けたのにはずいぶん時間差があるようだとは思っていたが、十八年は予想外だった。

……何より驚いたのは、人類が十八年経《た》っても滅びていないという点だ。

魔法も無しに魔獣と十八年も戦い続けているなど魔法使いであるアルカにとって信じがたいことであった。

『瘴気の影響により通信がまともに機能しなくなったので断片的な情報しか入って来ないものの、これまで人類は深刻な被害を受けた』

アルカの周りの映像に破壊の限りを尽くす魔獣の群れや破壊された街並み、地図に表示される被害範囲。犠牲者《ぎせいしゃ》のリストが表示されていく。

――千年前のことが一瞬フラッシュバックして軽い吐き気がした。その間もナビによるこれまでの出来事《できごと》の説明等が進んでいく。

『そして、これは約一ヶ月前。フィル＝フェンリットの故郷にて撮影した記録映像である』

そう前置きしてナビは一つの映像を映し出した。

そこにはフィルが映っていた。どこかの建物の中。音声はないが動きから察するにナビと何か話しているのだろうか？　楽しそうに笑う様子が映っている。

だが映像に映るフィルが急にビクリと硬直した。近くの壁にあったランプのようなものが赤く明滅を繰り返している。

そこから目まぐるしく場面が変わる。映し出されたのは、空を黒く埋め尽くすような昆虫型魔獣の群れが街に雨のように降《ふ》り注《そそ》ぐ光景だった。

『大規模な魔獣の群れの攻撃により街は壊滅。その後、フィル＝フェンリットの父であるレオン＝フェンリットの指揮の元、百十三名の生存者がこの船で脱出した。しかし、密《ひそ》かに強力な魔獣が船に入り込んでいた』

再び画像が切り替わる。そこに映っていたのは背中から六本の虫の脚のような触手を生やした人間の男性型の魔獣。近くで見ているフィルのことを気遣ってかその映像はすぐに閉じられた。

『最後には、船長であるレオン＝フェンリットが子供達をシェルターに避難させ、決死の特攻により事態は収束した。しかし生存者はその子供達のみとなった。それからはフィル＝フェンリットを指揮官とし、当機はそのサポートと船の運行という形で現在に至る』

――ズキズキと心が痛む。こんなことを考えても無駄《むだ》だということはわかっている。それでも、今も自分が封印を護《まも》ることができていたなら彼等《かれら》はこんな被害を受けることはなかっただろう。そう思うと、心がひび割れそうになる。

そんなアルカを観察するように、ナビは大きなレンズにアルカを映していた。

『……さて、アルカ＝ニーベルク。当機からも貴殿に質問がある』

そう言った途端、壁からフィルが持っているライフル銃のようなものが幾つも飛び出してきた。照準を合わせる為であろう赤い光がアルカの額と胸に当てられる。

「ナビ！　何を⁉」

フィルが抗議の声を上げたがアルカはそれを手で制した。

――この展開は予想していたし、必要なことだ。

『アルカ＝ニーベルク。貴殿は何者か。貴殿が魔法と呼ぶあの能力のこともそうであるし、アルカ＝ニーベルクという名前及《およ》び貴殿の身体データに一致する人間は当機に記録された地球人類のリストに存在しない。当機は現在、貴殿が新種の魔獣ではないかという懸念《けねん》さえ抱いている。納得のいく回答を求む』

「ああ。……ただ、その回答はフィルちゃんに言わせて欲しいんだけど、いいかな？」

『理由は？』

「……僕は根がどうしようもなく臆病《おくびょう》みたいでね。彼女が無邪気《むじゃき》に笑いかけてくれるのが嬉しくてつい先延ばしにしてしまった。これは、もっと早くに話さなきゃいけないことだった」

――手が震えるのを感じる。自分はいつからこんな臆病になったのか。

怖い。あれだけ渇望《かつぼう》していた人との繋がりが切れてしまうのが怖くてたまらない。許されるなら何もかも秘密にしていたい。

……だが、それを自分に許すことだけはできない。それをしてしまえばもう、自分は本当に誰にも顔向けできない人間になってしまう。

杖《つえ》をそっと床に置いて一歩下がる。

「僕が何か妙なことをしようとしたなら遠慮なく攻撃してくれて構わない。その時は一切《いっさい》抵抗しないと神に誓おう。……どうかな？」

『……バイタルチェック完了。緊張や恐怖は見られるもののこちらを謀ろうとする気配はなし。……承認した』

「ありがとう」と一言言って、少し離れた場所にいたフィルに手招きする。フィルは少し戸惑《とまど》いながらアルカの前に来る。アルカはその場に膝《ひざ》をつき、フィルと目線を合わせた。

「フィルちゃん、僕はね……」

――怖い、怖い、怖い。

思い出してしまった温《ぬく》もりを手放すことはこんなにも怖いのか。彼女がこれまで見せてくれていた無邪気な笑顔が憎しみに変わるのを想像すると胸が張り裂けそうになる。

「……世界がこうなってしまったのは、僕のせいなんだ」

「アルカ……さん？」


そこからアルカは話し始めた。

彼女の知る魔法戦記という物語が事実であること。千年前の戦い、そして結末。アルカの知ること、思い出せること全《すべ》て話した。

「これで全部だよ。……すまない。何度謝ったところで慰めにもならないだろうけど、僕が封印を護れなかったせいで君達に辛《つら》い思いをさせてしまった」

そうして話を終えると……フィルは泣いていた。ポロポロと大粒の涙を流し、嗚咽《おえつ》を堪えている。

――ああ、やっぱり、駄目だ。

心が捻《ねじ》れるような感覚だった。今すぐ逃げ出したいと思った。

だけど、逃げてはいけない。封印を護れなかった者の責任として向き合わないといけない。彼女が自分を撃つのならそれも甘んじて受けようと思っていた。思っていたのに……フィルはアルカを抱きしめてきた。

「……え？」

すぐには思考が追いつかなかった。フィルはギュッとアルカを抱きしめている。

「寂《さび》しかったですよね……長い間……ずっと、ずっと一人で……」

「フィル……ちゃん」

少ししてフィルはアルカから身体を離した。

「私は魔法戦記という物語が好きで、小さい時から何度も何度も読んでいました」

フィルは涙を拭《ぬぐ》いながらそう言った。

「一番大好きな登場人物は主人公のアルカ＝ニーベルクさんです。ものすごい天才なんですけど優しくて、みんなを護るために必死に戦って。最後には……世界を救ってくれました」

フィルの大きな眼がアルカを映す。

「なんででしょうか？　お父さんや他の人達には『それは作り話だ』って何度も言われていたのに、なぜか私はずっと、そのお話が本当にあったことなんだって信じてて……」

そう言うとフィルは花が咲くように笑った。

「ずっとお礼が言いたかったんです。今までずっと世界を護っていてくれたこと。あなたがいなければきっと、私は生まれてくることもできませんでした。だから本当に……本当にありがとうございました」

──それは、言ってしまえば子供の言うことなのだろう。

きっと多くの人はアルカを許しはしない。アルカに憎悪《ぞうお》を向ける人は必ずいる。

だけど、それでも、彼は救われた。この瞬間、彼のこれまでの戦いは全て報《むく》われた。

たった一人でも『ありがとう』と言ってくれる人がいる。あの孤独な戦いに感謝してくれる人がいる。それがこんなにも嬉しいことだなんて思わなかった。それだけで立っていられる。いくらでも戦える。

「……神の御名《みな》の下《もと》に、魔法使いアルカ＝ニーベルクはここに誓う」

──本当は泣いて彼女を抱きしめたい気分だったがそれは堪えた。もう手遅れな気もするが、彼女の前では格好《かっこう》をつけたいと思った。彼女が憧《あこが》れてくれるようなヒーローでいたいと思った。だから姿勢を正して、かつて王に忠誠を誓った時と同じような言葉を紡《つむ》ぐ。

「この身はこれより御身《おんみ》の敵を打ち倒す剣《つるぎ》であり、御身を護る盾《たて》である。……僕は君と、君の大切な人達を護るために力の全てを振るおう。あらゆる不安や恐怖を遠ざけるために全力を尽くすと誓おう」

「えと……あの……？」

フィルはキョトンとした顔をしていた。そんなフィルにアルカは笑いかける。

「所信表明みたいなものだよ。どうか受けてくれないかな？」

「は、はい。それじゃあお願いします」

フィルはそう言って丁寧《ていねい》に頭を下げた。アルカは立ち上がると再びナビの方を振り返る。

「と、勝手に宣誓《せんせい》しちゃったんだけどどうだろうか？　僕としては信用してくれと言う他ないんだけど」

『……先程のフィル＝フェンリットとの会話中、バイタルのチェックをしていたものの嘘《うそ》をついている気配はなかった。また、貴殿のこれまでの経緯については信じがたいという他ないが、貴殿のこれまでの行動や貴殿が魔法と呼ぶ能力、その他諸々《もろもろ》の状況証拠に矛盾《むじゅん》は無く、貴殿を信用するのが今のところ妥当《だとう》であると判断する』

ナビがそう言うとアルカを狙《ねら》っていた銃が壁の中に引っ込んでいく。

『気分を害したのであれば謝罪する。確認しないわけにはいかなかった。先程の貴殿の宣誓については問題ない。むしろ、協力関係を結べる相手と判断したのならこちらから依頼しようと考えていた』

ナビはそう言いながら今度はアルカの前に半透明の地球儀を映し出す。

その地球儀には船の現在位置と目的地。そして地球儀の大半をＭＰ粒子帯と書かれた赤く塗りつぶされた地域が覆《おお》っている。

『我々の目的は最も近くにある海上都市まで避難することである。だが、近くとは言ってもMP粒子帯や危険な海域を避けていく関係上、到着までは順調にいっても一ヶ月以上かかるだろう。それまでには何度か先程のように危険を冒して上陸し、食料等を補給する必要があることに加え、どうしてもMP粒子帯を横切らなければならない海域もある。現状のままでは全員無事に目的地に到着できる可能性は非常に低いと言わざるを得ない』

地球儀が消え、今度はアルカが大型の魔獣を倒した時の姿が映し出される。

『魔法というものに関しては当機の判断能力を大きく超えているが、貴殿が大型魔獣を一蹴《いっしゅう》したのは事実である。その戦闘能力が加わるのであれば目的の達成確率は大幅に上がるだろう。……あらためて確認する。アルカ＝ニーベルク。貴殿は我々に協力し、乗員を護るためにその力を振るう。その認識で間違いはないだろうか？』

「ああ、もちろん」

『承認した。貴殿の協力に感謝す……』

「……ん？　ナビ、どうかしたのかい？」

少し間を置いてビー！　ビー！　という耳障りな警報音が鳴り始めた。壁に付けられたランプが赤く明滅を繰り返し、部屋全体が赤い光に包まれる。

『緊急事態発生。緊急事態発生。超大型の魔獣が接近中。非戦闘員は速やかに指定のシェルターに避難せよ。繰り返す――』

船内のあちこちからそんな声が聞こえる。フィルが慌ててナビの所に駆け寄った。

「ナ、ナビ！　まさかこれって……」

『状況から推察するに、先程上陸した事により敵性体に発見されたと思われる』

ナビが冷静にそう告げる。

——おそらくはさっき上陸した時に眼をつけられ、追跡されたかボートの進む方向からこの船の位置を割り出したのだろう。

『敵超大型魔獣。撮影に成功。映像として表示』

ナビがそう言うと魔獣の映像が表示される。

——おそらくは鯨《くじら》か何かが魔獣化したのだろう。それは生物と呼ぶにはあまりにも巨大で、山か島が動き出しこの船を追いかけているかのようだった。

「こ、こんなの……どうしたら……」

フィルの表情が青ざめていた。身体も震えている。

「大丈夫。心配しなくていい」

だからこそアルカは笑った。——ああ、あえて言おう。ちょうどいいと。

「ナビ。さっき僕にやったみたいにこの船に乗る子供達に僕の戦う姿を見せたりはできるかな？」

『その意図は？』

ナビにそう問われてアルカは苦い笑みを浮かべた。

「……恐ろしい程に強大な力が自分達の側にある。それで安心できるのは時が移ろうと変わらないと思ってるんだけどどうかな？」

『勝算は？』

「まるで問題にならない」

アルカがニヤリと笑いながらそう答えるとナビの子機がアルカに付き従うように後方で静止した。

『要請《ようせい》を承認。子機による撮影を行う。その子機が見た光景を他の子供達も見ることになるのでそのつもりで行動して欲しい』

「ああ、わかった」

「あの……アルカさん……ひゃっ⁉」

フィルが不安そうな顔で自分の顔を見上げていたのでその頭をくしゃくしゃと撫でた。柔らかな髪の感触が心地《ここち》良い。

「何も心配することはないよ。フィルちゃん、君が憧れてくれた僕の力、どうか見ていて欲しい」

外に出てアルカは夜空を見上げた。明るい月明かり。乾いた冷たい風が少し辛い。

(……まただ)

少し前に感じたのと同じ、一瞬何者かの視線を感じた。だが気配はすぐに消えてしまう。気にはなったが詮索《せんさく》している時間は無い。アルカは足早に後部甲板へと向かった。

後部甲板に到着すると暗い海の向こうに件《くだん》の魔獣の姿が見えた。

なるほど、大きい。まだずいぶん遠くにいるはずなのにその姿がはっきりと見て取れる。船を丸齧《まるかじ》りできそうなほど巨大な鯨。

全長は二百メートルを軽く超えているのではなかろうか。その頭部の前面には巨大な眼が一つ、暗い大海原の中で妖《あや》しく輝いている。

(さて、と……)

準備にかかる。流石《さすが》にあれは普通の魔法では殺しきれない。かといって苦戦は論外だ。それでは子供達が不安がる。

チラリと横を見ると、ナビの子機というやつが大きなレンズの眼にアルカを映していた。

――ならば、やることは一つだ。

アルカは静かに眼を閉じた。

(ああ、巨大な敵というのはある意味都合《つごう》がいい。……細かい狙いも気にせず、全力でぶっ放せる)

──魔法陣、展開。

天に向けて杖を掲げ、その杖を中心に円形の魔法陣を展開する。サイズは特大。今乗っているこの船をすっぽり覆ってしまえる程だ。

──回せ、回せ、回せ、回せ。魔法陣の内縁《ないえん》に沿って球体状の魔力を走らせる。外には出さず、魔法陣の中で走らせ続け延々と加速させていく。

『……データ解析。構造は粒子加速器に近いものと推測。アルカ＝ニーベルク、これは？』

「その口ぶりからすると科学にもこれと似たような物があるのかい？　これは昔、物をひたすら加速し続けたらどうなるかを試してみた時に思いついた魔法でね」

ナビにそう話しかけつつ魔法陣の大きさを縮小していく。大きさが縮むと共に中で走らせていた魔力球の回転数も上がっていく。

「溜《た》めに時間がかかる上にものすごく魔力を喰《く》うんでお世辞にも効率がいい魔法とは言えないんだけど、威力だけはものすごくてね。ああいうデカブツ相手ならおあつらえ向きだろう」

魔獣が近づいてくる。遠くに見えていた山のような姿は今では見上げる程の距離まで来ている。

大きく口を開けた。海水が巻き上げられ、まるで滝のように落ちてくる。あれだけ大きな口ならばこの船の後ろ半分はひと齧りでいけるだろう。

それに合わせてアルカも限界まで魔法陣を縮小する。

船を囲う程だった魔法陣の大きさは今や杖の頂部に付いた宝石の周囲一メートルほどまで狭《せば》まっていた。中を走り続ける魔力球が魔法陣の中で激しく稲光《いなびかり》を放出している。

『……内部の球体の速度が当機の観測機器の測定限界を突破。予測値ではあるが対象のエネルギーけいさ……制止要請！　制止せよアルカ＝ニーベルク！　そんなものを放てば……！』

「あ、そうだ。ナビ。子供達に揺れるから気をつけてって言っといてくれるかな？」

杖を魔獣に向ける。同時に船と自分達を最大まで重ねた多層魔力障壁で保護。そして限界まで加速させていた魔力球を魔獣に向けて解き放った。

閃光《せんこう》が走った。ほんの僅《わず》かに遅れて至近距離に雷が落ちたかのような轟音《ごうおん》と破局的な衝撃波が周囲を襲った。

魔獣の頭部が消し飛ぶ、船を覆う魔力障壁に大きく亀裂が入る。船が前方に大きく傾き、反動で数十メートル前進する。

――まずい、やりすぎた。

船が大きく揺れている。少し遅れて魔獣の肉片や血が滝のように降り注いできて、慌てて魔力障壁を傘《かさ》のように展開してそれを防ぐ。船の後部が衝撃でベッコベコにへこんでしまった。

――ああ、これ……後始末が大変なやつだ。

ただ流石にあの一撃には耐えられなかったらしい。頭部を失った魔獣は白波を立てて海に沈んでいく。

「ナビ、無事かい？」

アルカは近くで魔獣の肉片に埋もれていたナビを拾い上げた。

『……要請。アルカ＝ニーベルク。今後このようなことをする場合は当機に一言相談するよう要請する。魔獣より先に貴殿に船を沈められかねない』

「はは、ごめんごめん。ところで、さっきの光景は他の子供達も見ることができたのかな？」

『問題なし。中継は滞りなく完了している』

「そうか。ならもうひとつの目的も達成できたね」

無事に自分の力を示すことができた。これで少しは子供達も安心して過ごせるだろう。

「だけど……これで……」

――それは兵器同然の在り方だ。自分は畏怖《いふ》の対象となるだろう。

大きな力は安心と同時に恐怖を生む。少なくとも千年前の戦いの時は自分を恐れる人も少なからずいた。

ましてや今は魔法というもの自体が無いのだ。それを操る自分ははたしてどんな眼で見られるか。……アルカはそんなことを考え視線を落とした。

（その点だけは残念だな。フィルちゃん以外の子達とも仲良くしたかったのに……ん？）

何やら騒がしい。

「こら！　待ちなさい！　危ないからまだ外に出ちゃダメって言ったでしょ⁉」

「いーだろフィル姉ちゃんもう魔獣やっつけたんだから！」

「うおーすげー！　マジで本当なのかー！」

「本物⁉　本当に本物の魔法使い⁉」

フィルの怒った声と子供達のはしゃぐ声が聞こえた。

振り返って見てみると船の中から大勢の子供達が出てくるのとフィルがそれを追いかけて出てくるのが見えた。

子供達はアルカの方に駆けてくるとあっという間にアルカを取り囲んだ。

「兄ちゃんすげー！　何さっきの⁉」

「ねーねーお兄ちゃんは本当に魔法使いなの？」

「うおお⁉　見ろあっち！　魔獣が沈んでくぞ！」

あっという間にお祭り騒ぎになってしまった。少し遅れてゼーゼー息をしながらフィルがアルカの方に駆け寄ってくる。

「す、すいませんアルカさん。さっきの映像見てたらみんな興奮しちゃって抑えられなくて……」

「あ、ああ、うん。それはいいんだけど……」

アルカは近くにいた男の子の頭を撫でる。

「その……変なこと聞くけど、僕が恐くないのかい？」

「なんで？」

キョトンとした顔でそう返された。

「いや、僕ってこんな人とは違う力を持ってるし、これを恐いとは思わないのかなって」

「んー。まあ兄ちゃんもなかなかだけどドラゴニックボンバーのクーゴ程じゃないからな」

「ドラゴニックボンバー？　クーゴ？」

「ああ、すごいんだぜ！　クーゴのファイナルギャラクシーキャノンなんて一発で惑星をふっ飛ばすんだ」

「なにそれ恐い⁉」

——後でフィルとナビが説明してくれたのだが、子供達の言っていたのはアニメや漫画という娯楽作品の話で、魔法使いみたいなのにはある意味大人より適応できるんじゃないかと。……まあ、理由は何でもいいのだ。そんなことより……。

「あれ？　アルカ兄ちゃんなんで涙ぐんでるの？」

「ん……、何でもないよ」

アルカにとっては、こうして子供達と普通に会話できるのがたまらなく嬉しかった。

三章　人類の歩いた道

——千年ぶりに見た夢は悪夢だった。

黒煙の立ち上る破壊された街並みの中に〝それ〟はいた。

——もしも〝それ〟がいなければ、人類があそこまで追い詰められることはなかったのではないだろうか?

魔獣とは、魔樹が撒《ま》き散らした瘴気《しょうき》に冒され変容してしまった生物のことだ。ゆえに、どれだけ大きく姿形が変わってもそれは人類が知る生物という範疇《はんちゅう》からは出ない。脳が有り、心臓が有り、桁外《けたはず》れに生命力が高いものの殺せば死ぬ。

——だが、ただ一種違うものがいた。〝それ〟だけは瘴気によってこの星の生物が変化したものではなく、魔樹の中から這《は》い出《だ》してきた。

〝それ〟は生物と呼んでいいものかすらわからない。〝それ〟は一定の形がない。脳がない。心臓がない。細胞すらない。なのに動く。人間を殺す。明らかに高い知性を持っている。そして、何をしても死なない。

〝それ〟はゴボゴボと表面を泡立たせ血のような紅い眼を作り出し、アルカを見た。

〝それ〟はまるで笑うように眼を歪《ゆが》める。

『アルカ＝ニーベルク』

『お前を、今度こそ、必ず……』

†

「アールッカさん♪　あーさでーすよー♪」

歌うような声でそう言われてアルカは眼を覚ました。眼を開けるとそこには自分を見つめるフィルがいた。

「おはようございますアルカさん。朝ですよ？」

「…………ん」

アルカはベッドの上で身体を起こした。ぼんやりしつつ周りを見る。

アルカがいるのは二段ベッドの下側だ。傍《かたわ》らには先に起きて着替えを済ませていたらしいエプロン姿のフィルが立っている。

昨晩の魔獣を倒した後、アルカのこれからの生活についての話になったのだが、アルカはフィルと同じ部屋に住むことになった。

アルカはこの時代のことでわからないことが多いし、その方がいいだろうとフィルが気を効かせてくれた結果だ。

最初、流石《さすが》に年頃《としごろ》の女の子と同じ部屋で寝泊まりするのは悪いと思って断ったのだがそこはフィルに『大丈夫です！』と押し切られた。

で、部屋で荷物をまとめ落ち着くやいなや、フィルは豹変《ひょうへん》したように千年前のことや魔法のことを聞かせて欲しいと眼を輝かせてせがんできた。落ち着いた子だと思っていたがこの時ばかりはまるで小さな子供のようだった。

というより、同室にしたのはアルカのためというのはどうやら建前《たてまえ》で、そっちの事を聞きたいというのが本音だったようだ。

——ただ、眼をキラキラさせて話を聞いてくれるのはアルカにとっても楽しかった。

「ちょっと寝ぼけてます？　……昨日は夜更かしさせちゃってごめんなさい。楽しくってつい……」

「いや、僕も楽しかったし気にしないで。君さえ良ければ今晩も続きをするけどどうかな？」

「ホントですか⁉」

パアッと嬉《うれ》しそうにフィルが顔をほころばせる。頭に生えた猫耳がピコピコ元気よく動いている。基本的に落ち着いてるのにこういう子供らしいところがあるのが可愛《かわい》らしい。

だが自分のテンションが上りすぎているのに気づいたのか、フィルはコホンと咳払《せきばら》いして仕切《しき》り直した。

「これからまだ寝てる子を起こしたら朝ごはんにするんで、それまでには着替えて食堂まで来てくださいね」

「うん、わかった。ありがとう」

朝は忙しいのだろう。フィルはパタパタと足早に部屋から出ていってしまった。そんなフィルの後ろ姿を見送り、アルカは自嘲《じちょう》気味に笑う。

――嬉しいと思ってしまった。

魔樹の封印が解けてしまったのは間違いなく悪いことのはずだ。だが、眼を覚ましてすぐそばにフィルの姿があったことに安堵《あんど》してしまった。幸せだと思ってしまった。

アルカは首を振り、壁を見る。そこには昨夜『クリーニングしときますね』とフィルが持っていった外套《がいとう》がかけられていた。

手に取り、広げてみる。……一応、異空間にいた時もたまに魔法を使って汚れ取りはしていたのだがそれとは見違える程に綺麗《きれい》でふんわりしている。まるで新品のようだ。それに何かいい匂《にお》いまでする。それだけでこの時代の技術の高さが感じ取れた。

部屋を出て昨夜教えてもらった食堂に向かう。

「あ、おはよーアルカ兄ちゃん」

「おっはよー。ねえねえ、あとでまた魔法のお話してね？」

「もうすぐ朝ごはんだよ。ほらこっちこっち」

道中他の子供達に出会うとそうやって挨拶《あいさつ》の声をかけられる。

――昨夜、フィル程詳しくはやっていないが他の子供達にも魔法や昔の戦いのことについて話したのだが、どうやら懐かれたようだ。

子供達はアルカの手をぐいぐい引っ張ったり背中を押したりして食堂まで連れて行く。

食堂の扉の前に立つとシュンと音を立てて自動で扉が開き、圧を感じるような子供達の声が押し寄せてきた。

「おーい！　お皿！　お皿持ってきて～！」

「スプーン足りる？　椅子《いす》は？　コップは？」

「フィル姉～。おかわりってしていいの～？」

「あ、アルカお兄ちゃんだ。おはよー」

「おはよーございます。昨日はよく眠れた？」

「おはよーアルカ兄ちゃん。また後で魔法の話聞かせてくれよな」

食堂に行くとそこに集まっていた子供達に次々と挨拶された。みんながみんなアルカに興味津々《きょうみしんしん》のようで、まるでヒーローを見るような眼をアルカに向けている。

——不思議な気分だった。

この間まで千年の孤独にいたのに今はこうして大勢の子供達に囲まれている。……また涙腺が緩《ゆる》みそうになったがそれはなんとか堪えた。ここで泣き出すのはあまりに格好《かっこう》悪い。

（そういえば……食事をするのも千年ぶりか……）

他の子供達に促《うなが》されて長テーブルの席につく。

昔からあまり食事にこだわる方ではない……というか『栄養さえ取れればいい。それより魔法の研究したい』と言って栄養を魔法で濃縮した丸薬《がんやく》を水で流し込むような生活を送っていた時期すらあった。

だが千年ぶりともなると楽しみにもなる。それに時代が変わって食事というものがどう変わったかという知的好奇心《こうきしん》もあった。

そして少しするとフィルが白い皿に盛られた料理を持って来てくれたのだが……。

（…………何これ？）

まず、アルカが慣れ親しんだようなパンではない。白いつぶつぶ、スプーンでつついてみると弾力があり、少しベタベタしている。

（……なにこれ、虫か何かの卵みたいで気持ち悪い。これ食べるの？　……いやまあ、この白いつぶつぶは百歩譲っていいとしよう。……この上にかかっているものは何だ？）

白いつぶつぶの上には茶色いドロドロしたものがかかっている。

（あ……そういえば昔錬金術師の研究所の事故で大発生したアンデッドスライムが確かこんな感じの……ホントにこれ食べるの？）

「どうかしました？　アルカさん」

アルカがスプーン片手に葛藤《かっとう》しているとフィルが自分の皿を持ってアルカの隣に座った。

「ああ、フィルちゃん。……いや、えっと……この料理は、何ていうものなんだい？」

「カレーライスですけど、見たことありませんか？　昨日のショッピングモールから持ってきたやつです」

謎《なぞ》の料理はカレーライスというらしい。聞いたことが無い名前だ。

相変わらず葛藤しているアルカを尻目《しりめ》にフィルが音頭《おんど》を取り、手を合わせて子供達と一緒に「いただきます」と言って食べ始めた。……みんな美味《おい》しそうに食べている。

アルカは勇気を出してスプーンでカレーライスをちょっとだけすくう。そして眼をつぶり、ぱくりと一口食べてみる。するとどうだろう、口の中に絶妙な辛さとコク、旨味が広がる。

それはアルカが経験したことのない美味しさだった。

「どうですか？　お口に合いました？」

「すごい……こんな美味しいもの初めて食べたよ！」

「あはは、そんな大げさな」

「いやいや全く大げさじゃなくてね！　特にこの辛味……もしかして香辛料《こうしんりょう》が入ってたりするのかい？　僕を歓迎してくれてってことかもしれないけど無理はしなくていいんだよ？」

「？　……そりゃあ、カレーライスには香辛料はいっぱい入ってると思いますけど……」

「いっ……ぱい……？」

フィルの言葉にアルカは固まってしまった。

フィルが『どうしたんだろう？』と少し不安な顔をしているとナビが小さなプロペラ音を立てて飛んでくる。

『説明。アルカ＝ニーベルク。現在では香辛料は地域問わず安定して栽培できるようになり、また保存料としての価値も他の方法が確立されたことによって大きく下がっている。遠慮せず食べて問題ない』

「そ、そうか。よかった……」

ナビの言葉にアルカはホッと息を吐き、美味しそうにカレーライスを食べ始める。

「ナビ。さっきのはどういうことですか？」

『説明。フィル＝フェンリット。昔と現在では香辛料の価値が大きく変わっている。例として挙げると厨房《ちゅうぼう》の棚にある胡椒瓶《こしょうびん》を覚えているだろうか？』

「はあ、ありましたね徳用の大きなやつ」

『感覚的なものだが、あれが乗用車と同等の価値を持っているようなものだ』

「マジですか⁉」

フィルはアルカとカレーライスを交互に見比べる。

「……アルカさんって、本当に昔の人なんですね……」

フィルはそうしみじみと呟《つぶや》いた。ナビはウィンウィンと音を立てる。

『しかし、食料のことに関しては今は彼の持つ知識の方が有用かもしれない』

「ん？　どういうことだい？」

話を聞いていたアルカがカレーを頬張《ほおば》りつつそう尋ねる。

『要請《ようせい》。アルカ＝ニーベルク。後ほど前部甲板まで来て欲しい。そこで重要な話がある。是非《ぜひ》貴殿《きでん》の知恵を借りたい』

†

朝食を終えアルカ、フィル、そしてナビは船の前部甲板に集まっていた。今日はあいにくの曇《くも》り空。上着がないと辛い寒さだ。

「水と食料の備蓄があまりない？」

「はい……。このまま何もしなければ数日中に底を尽きます」

『元々は保存庫にそれなりの備蓄があったのだが、船内で起きた魔獣との戦闘でその多くを失った。加えて、この船に乗っているのは成長期の子供ばかり。量の制限や栄養の偏りは後々病気等の深刻な事態に繋《つな》がりかねない』

――なるほど。わざわざ場所を移したのは他の子供達を不安にさせないためだろう。

「そういえば僕がいた……ショッピングモール？　あそこにフィルちゃんがいたのも食べ物を探しに来たからだって言ってたっけ？」

『肯定。大量の食料が残されている可能性が高く、海辺に近く、MP粒子が薄いという好条件が揃《そろ》っていたためにフィル＝フェンリットの判断の元、食料確保に向かった。……とはいえ一度に運べる量には限りがある上、魔獣に襲撃されるリスクもある』

「それで、アルカさんの魔法でどうにかならないかなって思ったんですけど……どうです？」

ふむ、とアルカは考える。

水や食料の問題は時代が変わっても変わらずついて回る問題のようだ。だがそういう事なら少しは力になれる。

「食料はともかく、水についてはすぐにでもなんとかなるよ」

「本当ですか⁉」

「うん。ナビ、雨水を溜《た》める設備とかは大丈夫かい？」

『設備は問題なし。雨水の収集と濾過《ろか》装置は健在。だが、現海域の降水確率は二十パーセント程。まとまった降水は期待できない』

「ああ、それは問題ないよ。集めるから」

「……集める？」

首を傾《かし》げるフィルに対し、アルカは気軽な調子で杖《つえ》を空に向けた。空中に魔法陣が展開され、そこから光の玉のようなものが空を覆《おお》っている雲目掛けて打ち上げられる。

変化は劇的だった。船の真上の雲が渦を巻き始めたかと思うと空全体を覆っていた雲がその渦になだれ込んでいき、合わせて真上の雲がどんどん黒く、高度を下げてくる。

そして次の瞬間、雷の轟音《ごうおん》がしたかと思うとバケツを引っくり返したような豪雨が船に降《ふ》り注《そそ》いだ。

「わきゃあ!?」

フィルが驚いて悲鳴を上げる。アルカは傘《かさ》のように魔力障壁を展開して雨を防いだ。

——数分ほど経《た》つと先程まで降り注いでいた雨はさっぱり止んだ。空はカラッと晴れ渡る青空。さっきまでの豪雨が嘘《うそ》のようだ。

「あ、相変わらずすごいですね……。魔法って……」

『……質問。アルカ＝ニーベルク。参考として聞きたい。どのような原理で雨を降らしたのか』

ナビの問いかけにアルカは「うーん」と腕を組んで考える。

「雲っていうのは多かれ少なかれ雨の属性を持っていてね。その属性を強化したり周りから集めたりして一時的に大雨を降らすんだ」

『その雨の属性とやらを強化したり集めたりする原理を知りたいのだが』

「んー、強化する時は魔力をえいやっ！　て感じで叩《たた》き込んで、集める時は魔力を周りの雲にひっかけてよっこいせ。って引っ張る感じかな？　なんにせよイメージが大切だ」

『…………了解。魔法というものは当機では理解しがたいものだと理解した』

アルカとナビの会話にフィルは苦笑いを浮かべる。

「何はともあれ、水の方は大丈夫かな？　ナビ、どうですか？」

『確認中。……十分な貯水ができた。しばらくは水を自由に使っても問題ないだろう』

「お役に立てたなら幸いだ。で……問題は食料か」

アルカは先程までと違って難しい顔をした。

「食べ物はアルカさんでも難しいんですか？　前に何もないところからたくさん剣《けん》を出したりしてましたし、ああいう感じに食べ物を出したりは……」

「いや、無理だ。見た目だけならそれっぽい物を作れても、それはあくまでも僕の魔力で作り出したハリボテみたいな物でね。時間が経つと消えてしまうし、食べても栄養にはならないんだ。」

『質問。アルカ＝ニーベルク。では魚を獲る魔法等はないだろうか？』

「釣《つ》り竿《ざお》とか銛《もり》なら作れるけど……うーんちょっと微妙かな。魚を獲るって目的で魔法を作ったことなんてないからね」

そもそもアルカはどちらかと言うと引き篭りがちで船旅などあまりしたことがなかった。

それもあって食べ物が足りないという事態は雨が降らなかったり害虫の大量発生などが原因で作物が取れなくなって起こるというのがアルカの認識で、わざわざ魚を獲って食べようなどところくに考えたことも無かったのだ。

何か他の魔法を漁に応用できないかとアルカが考えていると、フィルが何かを思いついたのか手を上げた。

「あの、アルカさん。魔法戦記にそういうことしてるシーンがあったんですけど、人を人魚にしたりはできます？」

フィルの言葉にアルカは苦い顔をした。

魔法戦記。千年前の戦いを元に書かれたらしい戦記小説。

気になったのでサラッと斜め読みしてみたのだが、確かに千年前の戦いを元にはしているものの、かなり大げさに書かれているというかなんというか。

特に主人公のアルカが超絶イケメンな完璧《かんぺき》超人など美化が激しく、読んでいてベッドの上で悶絶《もんぜつ》した。あと、魔法戦記を元にして書かれたライトノベルというのも読んでみたが自分が『天然魔法少女☆アルカちゃん』になっていたのはどういう了見か。

「人を人魚にってのは無理かな。人間の身体……特に他人の身体を変容させる魔法もかなり難しくてね。魔力で相手の身体を覆い、魚のヒレのようなものを形造って泳ぎやすくしたり力を強化したりはできるけど人魚そのものにはできないんだ」

「あ、泳ぎやすくはできるんですね？　じゃあ、それやってみてください。私が海に潜って魚を獲ってきます！」

「いやいや、それはいくらなんでも……」

——そんなことはできない。アルカはそう思った。

まず危ない。確かに海は陸地よりは遥《はる》かに魔獣が少なく、食べられる魚もいるだろう。だがそれでも魔獣が出てくる可能性はゼロではないし、そうでなくともサメなどに襲われたりするかもしれない。

それに、人が素潜《すもぐ》りで魚を獲る素潜り漁というものはあるが、あれはもっと浅い穏やかな海で行うものだ。対してここは遠洋。深いし、魚の動きも速い。いくら魔法で泳ぎを強化したところで所詮《しょせん》は人間。素早い魚の動きについていけるはずがない。

だがアルカがそれを説明して断ろうとすると、フィルはあっさりと「あ、それなら大丈夫です」と返してきた。

「それじゃ私、水着に着替えてきますね。ナビ、その間に説明お願いします」

そう言ってフィルは軽い足取りで船の中に戻っていってしまった。取り残されたアルカはポカンとしつつそれを見送る。

「……気のせいかもしれないけど、なんかフィルちゃんはしゃいでない？　初めてあった時は歳《とし》のわりに大人っぽいというか、もっと落ち着いた印象だったんだけど」

『推測。それは貴殿がいるからであろう』

ナビの言葉にアルカは首を傾げる。

「僕？」

『フィル＝フェンリットは他の年少の子供達の手前もあって落ち着いた言動を心掛けているが、実際のところはまだ十五歳の子供である。現に彼女には内密のままモニタリングしていたが、彼女にかかっていた精神的ストレス値は相当なものであった』

「……この状況だしね。無理もない」

『だが貴殿が正体を明かして以来、そのストレス値は大幅に軽減された。貴殿が頼ることができる年長の男性であることに加え、彼女にとって貴殿はまさに物語の中の憧《あこが》れの英雄そのものだ。おまけにこうして魔法という彼女程の年齢であれば好奇心を掻《か》き立《た》てられるものに触れる機会まである』

そこまで言うとナビはアルカの方に向き直り、頭を下げるようにボディを上下に揺らした。

『アルカ＝ニーベルク。どうか彼女に良くしてやって欲しい。きっと彼女も喜ぶであろう』

「うん。もちろんだとも」

『感謝する。……大きく話が逸れたので早急に当機の役目に戻る』

まるで仕切り直しをするかのようにナビはウィンウィンと音を立てる。

『まず貴殿の懸念《けねん》の一つ目。フィル＝フェンリットが海に潜った場合、魔獣や肉食生物に遭遇する可能性があるということに関してだが、そちらは生体センサーによって安全を確認することができる』

「せーたいせんさー……。そういえばフィルちゃんが僕を見つけられたのもそれのおかげだって言ってたけど具体的にはどういうものなんだい？」

『簡単に説明すると音波や電波による探査に加え、生物の動きによって生じる振動、温度変化、心音、その他諸々《もろもろ》の観測情報を集め、そこからさらに気象条件や海流等によって生じるノイズをコンピューターの計算によって除去。周囲にどのような生物がいるかを極《きわ》めて正確に知ることができるというものである。この船の観測機器も並行して運用すれば周囲半径三十キロメートル、海中は深さ三千メートルまで観測可能。適切に運用すれば、フィル＝フェンリットが敵性体の攻撃を受ける可能性はほぼ無くなるだろう』

「……今サラッとすごいこと言ったね」

それだけの範囲を単独で観測する。魔法でそれができるだろうか？　……無理だ。先程ナビが言った情報を全部頭に叩き込むなんて事をすれば脳がパンクする。

少し悔しいが、そういうことに関しては魔法よりも科学というものの方が優れていると認めるべきだろう。

『二つ目。フィル＝フェンリットが海に潜ったところで魚を獲ることはできないということに関してだが、貴殿の魔法というものが未知数のため断言はできないが、フィル＝フェンリットであれば問題ないと当機も考えている』

「問題ない？　……この時代の魚は僕の知る物より動きが遅かったりするのかい？」

『否定《ひてい》。……これに関しては説明よりも実際に見た方が早いだろう』

ナビがそう言った直後に、甲板を駆けてくる足音が聞こえた。

「お待たせしましたー」

「ああ、おかえりフィルちゃ――ぶっ⁉」

「？　アルカさん、どうかしました？」

――名称は後で知ることになるのだが、戻ってきたフィルが着ていたのはスベスベした紺色の生地のいわゆる水着というものであった。なんでも荷物の中に紛《まぎ》れ込んでいたらしい。

そんな水着姿のフィルを前にアルカは顔を真っ赤《まっか》にしていた。

「あのー？　アルカさん？」

「い、いや、そ、その……は、肌を見せすぎじゃないかい⁉」

アルカは全力で眼のやり場に困っていた。

露《あら》わになったきめ細かい健康的な肌。柔らかそうな胸の膨らみ。細い腰まわりにスラリと伸びるスベスベの脚。

女性経験がない上に千年以上一人で過ごしてきたアルカにとって、少女の水着姿というのは刺激が強すぎた。フィルに対しては妹のような感情を抱いているのだが、眩《まぶ》しすぎて直視できない。

「千年前だと女の人があまり肌を見せることって無かったんですか？　この水着って学校の授業で使うやつなんでだいぶ露出は少ない方ですよ？　すごい水着なんてこれとは比べ物になりませんから。……紐《ひも》みたいなやつとか」

「ひ、紐⁉　あ、頭クラクラしてきた……。というか！　寒くないのかい？　僕上着着てても少し肌寒いくらいなんだけど」

「あ、それは大丈夫です。私、普通の人より体温高いんで寒いのは結構平気なんですよ。……暑いのは苦手ですけど」

そう言うフィルの猫耳は先程からピコピコ元気に動いている。確かに寒そうには見えない。あまりに普通にしているので意識しなくなっていたが、フィルに付いている猫っぽい耳や尻尾《しっぽ》に何か関係あるのだろうか？

「それより、アルカさんが言ってた泳ぎを速くするっていう魔法かけてくれません？　あ、あとお魚を獲る銛とかも作ってくれたらありがたいです。えと、アルカさんたくさん剣とか作ってましたしできますよね？」

「う、うん」

アルカが杖に付いた宝石を軽くフィルの額に当てる。するとそこから蒼白《あおじろ》い光が溢《あふ》れ出しフィルの身体を包み込んだ。フィルは無邪気《むじゃき》に「わ〜♪」と歓声を上げている。

さらにアルカが銛を作って手渡すとフィルは握りを確かめてコクリと頷《うなず》いた。

「それじゃ、行ってきますね」

「行くって……わ⁉　ちょっ⁉　フィルちゃん⁉」

フィルはためらうこと無く柵を乗り越え、止める間もなく海に飛び込んでしまった。

慌ててアルカが船から見下ろす。すると海の中をものすごい速さで動き回る影が見えた。

最初はイルカか何かかと思ったがそれにしては小さいし肌色の部分が見える。

「な、なんか海の中をギュンギュン動き回ってるんだけど、あれ……フィルちゃん？」

そうしてしばらく見ているとその影――フィルが海面に顔を出した。

「獲れましたー♪」

掲げられた銛には大きな魚が刺さっていて、こちらに向けて元気よく手を振っている。その姿はまるで本物の人魚のようだった。

――はっきり言って凄《すさ》まじい。確かに身体能力を強化はしたが正直これほどになるとは思っていなかった。

「……ねえナビ。フィルちゃんはどうやって生まれたんだい？」

再び海に潜り、海中を縦横無尽《じゅうおうむじん》に泳ぎ回るフィルを見ながら呟《つぶや》くようにそう言った。

『アルカ＝ニーベルク。質問内容をもう少し明確にして欲しい』

「フィルちゃんみたいな……ほら、あの猫耳とか尻尾、それにあの身体能力。自然に産まれるとは思えないんだけど。……そういえばフィルちゃん、自分のことをデザイナー・チャイルドって言ってたっけ」

ナビがその質問に答えるまでに少し間があった。

『……説明。デザイナー・チャイルドとは遺伝子——例えるなら人体の設計図のようなものだと思ってくれればいい。その設計図を書き換えることにより瘴気への耐性を持った胎児《たいじ》を作り出し、さらにその胎児に対して瘴気によって起こる変容を人為的《じんいてき》に施した者。人間と魔獣の中間とも言うべき子供のことである。特徴としては、彼等《かれら》は瘴気に対する極めて強力な耐性と、通常の人間を大きく上回る身体能力を持っている』

「……やっぱり悔しいな。研究はされていたけど、それは魔法では辿《たど》り着けなかった領域だ」

呟くように言ったアルカに対し、ナビは視線を向ける。

『……質問。アルカ＝ニーベルク。貴殿のこれまでの言葉の節々から、貴殿は神という存在を信じていると考えるが、フィル＝フェンリットのような存在に嫌悪感《けんおかん》等は無いのだろうか？』

「嫌悪感？」

アルカが聞き返すとナビはチラリとカメラを今も泳ぎ回って魚を獲っているフィルに向ける。その仕草《しぐさ》はどこか娘を見る父親のような人間味を感じさせた。

『〝遺伝子操作は神の領域〟〝自然の摂理に反している〟。……デザイナー・チャイルドの技術が確立してからある程度時間が経過したが、現在でもそう言ってフィル＝フェンリットのような存在に嫌悪感を持つ者は後を絶たない。特に神を信仰《しんこう》する者ほどその傾向は顕著《けんちょ》である。アルカ＝ニーベルク、貴殿はそうは感じないのだろうか？』

――そういえばフィルも会ったばかりの時にそういう事を言っていた。もしかしたら本人もその事を気にしているのかもしれない。

「……まあ信仰は人それぞれだし、嫌悪感を持つという人を全否定する気はないけれど」

アルカはそう前置きして小さく笑う。

「神さまはきっとそんなことで怒ったりはしないさ。むしろ喜んでるんじゃないかな？」

『喜ぶ？　……貴殿がそう言う根拠は？』

「ごく簡単なことさ。子が親を超えていくのは、親にとって何より嬉しいことだろう？」

アルカは当たり前のようにそう言った。

「これは古い神話なんだけどね。……ずっとずっと前、僕が生きた時代よりも遥か昔にも人類は一度滅びかけたんだ。世界が枯れ、多くの人々が住む場所を失い、寒さに凍え、飢《う》えて死んでいく。

当時は神さまってのが今より身近な存在でね。神さまも人間と一緒に地上で暮らしていたんだ。そして神さまは滅びかけた人間を救うために奇跡を成した。

時を駆け、新たな世界を創り、新たな生命を産み出し、死んだ人達を蘇《よみがえ》らせた。それが神さまの成した四つの奇跡。そうして人々を救った神さまは最後に困難に打ち勝つ力『魔力』を授《さず》け……全《すべ》ての力を使いはたし、地上を去っていった。

そこから魔法使いというものは始まった。かつて神さまが成した四つの奇跡。すなわち『時空移動』『世界開闢』『生命創造』『死者蘇生』。その四つの奇跡を再現し『あなたの子供達はこれだけのことができるようになりました』と神さまに披露し、かつての感謝を伝える。それが僕達魔法使いの信仰にして、魔法使いが歩む魔道の最果てだよ」

アルカは眼を細める。その表情には様々な感情が入り混じっていた。

「……人類は魔法を失った。神さまからいただいた奇跡を無くしてしまった。けれどそれでも、人々は止まらなかった。そして科学というものを産み出し、かつての魔法で成し得なかったことを成している。人の手で神さまの奇跡に手を伸ばしている。今頃《いまごろ》神さまは手を叩いて喜んでるんじゃないかな？『あのちっぽけだった子供達が自分の力だけでここまで大きくなったか』ってね。魔法が無くなってしまったのは残念だし悔しいけれど、僕はそれでも進み続けた人々がとても愛《いと》おしくて誇らしく思うよ」

アルカは静かにそう言って、フィルの方を見ながら笑みを浮かべた。

「というかそもそも！　そのデザイナー・チャイルドってのが良いか悪いかってのとフィルちゃんがいい子かどうかっていうのはまったく別の問題だろう？　フィルちゃんはとても強くて優しい素晴《すば》らしい子だ。そんな彼女を嫌いになんてなるわけがない」

『……貴殿の言葉は貴重な意見として当機のメモリーに記録しておこう』

そう言ってウィンウィン音をたて始めるナビの姿はどこか笑っているようにも感じられた。

そんなナビをアルカはジッと見つめる。

『……質問。アルカ＝ニーベルク。当機に関して何か疑問点があるだろうか？』

「ん……まあ二つほど。ナビ、君はフィルちゃんと付き合いは長いのかな？」

『肯定。以前は彼女の父親に付いていたが、彼女が生まれた折に彼女の支援を行うようにと指示を受けた。付き合いというならフィル＝フェンリットが生まれた時からということになる』

「ああ、なるほど、道理で。じゃあ二つ目なんだけどね。ナビ、君は心があるのかい？」

その質問にナビが答えるのに少し間があった。

『……否定。当機はあらかじめ設定されたプログラム……貴殿にわかりやすい言葉を選ぶのであれば決まりごとに従って会話している。学習機能によってそれらしく振る舞うことは可能だが、一般的にいう心というものは備えていない』

「そうなのかい？　どう見ても君は……まあ、当人がそう言うなら追及はしないけどさ」

アルカはくすりと笑い、ナビに対して軽く頭を下げる。

「ナビ。君ともこうして話せて良かった。末永く、彼女達のことを見守ってあげて欲しい」

『無論。それが当機に与えられた役目である』


――それから数時間、フィルは抱えきれないほどの魚を獲ってきた。

「おー、すげー!」

「このお魚どうやって料理するのかな? ナビ~、データ出して~」

「お、この魚知ってる。生のまま刺身で食べると美味《うま》いんだぜ」

「え!? 魚を生で食べるのかい!?」

「あの! あの! お刺身先に味見してみてもいいです?」

「フィルお姉ちゃんってお魚好きだよね~。……猫耳だから?」

フィルの獲ってきた大量の魚に子供達は色めきたった。単純に食料が確保できたということ以上に魚そのものが子供心を刺激したのかもしれない。

流石に魚ばかりだと飽きるし栄養バランスも悪いので多少は陸地に食料を取りに行った方がいいだろうが、こうして魚を獲れるのなら少なくとも飢えて死ぬようなことはあるまい。

食料周りの問題はとりあえず目処はついたと言ってもいいだろう。あと、初めて挑戦してみたお刺身というものは意外と美味しかった。
　そして――。

　アルカは自室でベッドに腰掛け、慣れない手つきでタブレット端末を操作していた。

　アルカが見ているのは科学史だ。これまでの科学の発展を時系列順に追っていく。

　錬金術から派生したと思しき様々な研究、蒸気機関の発明と発達、そして電気文明に移行してからの爆発的な科学の発展。素晴らしい。

　まるで我が子のアルバムをめくるような表情でアルカはそれらに眼を通していく。

「あれ？　アルカさんタブレット操作できるようになったんですか？」

　そう言いながらフィルがシャワールームから出てきた。

　子供用のパジャマがあまり無いらしく、大人の男性用のワイシャツ一枚だけという格好だ。

　タオルで濡《ぬ》れた髪をふきつつアルカの隣に座ってタブレットの画面を覗《のぞ》き込んでくる。ふわりと石鹸《せっけん》のいい匂いがした。

（こ、この子やっぱり無防備すぎない？　一応僕、男だよ？）

　アルカは内心少々ドギマギしていたが、なるべくそれは表に出さず平静に答える。

「うん。ナビが操作の仕方を教えてくれてね」

「そうですか。……そういえばナビは？」

アルカは部屋の隅の机を指差す。そこには台座のようなものの上に乗っているナビがいた。

「フィルちゃんがシャワーを浴びてる間に『メンテナンスのためにスリープモードになる』って言ってからあの状態だよ」

「じゃあしばらくはあのままですね」

そう言うフィルはなんとなく距離感が近くなっている気がした。

タブレットを覗き込みながら軽くアルカの肩に体重を預けてきている。

「あの、アルカさん」

フィルが甘えるようにこちらを見上げる。その仕草は思わず胸がキュンとしてしまうような可愛らしさだった。

「な、なんだい？」

「さっきはありがとうございました。私、ああ言ってもらえてすごく嬉しかったです」

――さっきとは何のことだろうか？

アルカがキョトンとしているとフィルは少し申し訳なさそうに笑う。

「えっと、すいません。盗み聞きするつもりはなかったんですけど、私普通の人よりものすごく耳がよくて……。私がお魚獲ってる時、私のこと話してましたよね？」

「あの距離で聞こえてたのかい？」

　フィルの頭に生えた猫耳がピコピコしている。これは内緒話も難しそうだ。

「……今ではこの身体に感謝してますけど、小さい頃は悪く言われたり、いじめられたこともありました。私も……ちょっとだけ自分の身体のことは気にしてて……。だから、ああ言ってくれたのがすごく嬉しかったんです。私、自分に少し自信が持てました」

　フィルはそう言って花が咲くように笑う。――可愛い。思わず手が伸びて、フィルの頭をくしゃくしゃと撫《な》でた。

「ん……」

「あ、ごめん。嫌だったかな？」

「いえ。耳を触られるのはくすぐったいですけど、こうやって頭撫でられるの、気持ち良くて好きです……」

　フィルは気持ち良さそうに眼を閉じた。穏やかな時間が過ぎていく。

「にゃぁ……」

　――癒《いや》される。このままずっと撫でていたい。……が、少しするとフィルはハッとしてアルカから離れた。

「す、すいません。なんだかつい気持ち良くなっちゃって……。えっとですね。お礼を言いたかったのもあるんですがもう一つ、実はアルカさんにお願いしたいことがありまして」

「お願いしたいこと？」

もっと撫でていたかったので名残惜《なごりお》しかったが、真剣な話のようなのでアルカも姿勢を正す。

「アルカさん、私も魔法を使えるようになったりって、できますか？」

フィルの言葉にアルカは顔をしかめた。その表情にフィルも不安そうな顔をする。

「……あの、アルカさん？」

「……通常の方法では無理だ。魔法は基本的に生まれつき身体に魔力を宿した者にしか使えない」

「そう、ですか……」

フィルはしょんぼりと肩を落とす。そんなフィルにアルカは少しの間何かを考え、そして次の言葉を告げた。

「……けど、普通でない方法でなら不可能ではない」

「本当ですか⁉」

フィルが期待に眼を見開く。だがすぐにアルカの苦い表情を見てそれが『簡単に魔法を使えるようになる』という話ではないことを察した。

「アルカさん、普通でない方法ってどうするんですか？」

「簡単に言うと僕の魔力をフィルちゃんに分け与えるんだ。それをして、ちゃんと練習すればフィルちゃんも魔法を使えるようになる。ただ……」

「何か危なかったりするんですか？」

　フィルの言葉にアルカは頷く。

「主な問題は二つ。最大の問題は魔力の暴走だ。魔力の扱いって慣れないうちは暴走の危険が高いんだけど、他人の魔力を使う関係上その危険性は格段に跳ね上がる」

「……魔力が暴走するとどうなるんですか？」

「……最悪、身体の内側からの魔力を抑えきれず内臓をぐちゃぐちゃに潰《つぶ》されて破裂する。……僕も一度だけ見たことがあるけどあれは……凄惨《せいさん》な光景だった」

　アルカの言葉にその光景を思い浮かべてしまったのだろう。フィルの顔が青ざめている。

　アルカはさらに立て続けに二つ目の問題についても話し始めた。

「二つ目。これはシンプルだ。魔力の通り道を作り、相手に魔力を受け渡すのにはおおよそで三十分ほどかかるんだけど、その間ものすごく痛くて苦しい。なにせ本来無い臓器を増設するようなものだからね。大の男でも悲鳴を上げて気絶するほどだ」

　魔力の暴走よりこちらの方がイメージしやすかったのか、フィルの表情に怯《おび》えが走った。……しかしそれは数秒ほど。フィルは表情を引き締め、決意に満ちた眼でアルカを見る。

「けど、それが魔法を使うのと引き換えなら我慢します！　アルカさん、やっていただけますか？」

「……どうしてそこまで魔法にこだわるんだい？　ただ便利そうだから欲しいとか、憧れとか、それだけではなさそうだけど」

「みんなを護《まも》るためです」

フィルは一瞬も迷わずそう答えた。

「……街が襲われた時も、船の中に魔獣が現れた時も、私は逃げることしかできませんでした。それで……、どうしても思ってしまうんです。私にもっと力があればって」

──その感情は知っている。かつて痛いほど味わった。

「……他の子達は私にとって弟や妹みたいな感じでとっても可愛いです。それに私は、子供達を護るために死んでいった人達の想《おも》いも背負ってるんです。……絶対に護りたい。後悔したくないんです」

フィルはそう言ってあらためて頭を下げる。

「だから……お願いします。魔法を使えるようにしてください」

アルカは小さくため息をついていた。

──これは断れない。だってフィルの気持ちは痛いほどによく知っている。自分がフィルの立場なら間違いなく同じことをやっている。

「君に言っておくことが二つある」

アルカは優しく諭すような声で言った。

「まず一つ。死んでいった人達が護りたかった子供達には君も入っているんだ。それを決して忘れないこと」

「……っ！　は、はい！」

「二つ目。魔法というのはただの力だ。使い方一つで善にも悪にもなる。これから魔法を覚えるにあたって、その意味をよく考えること」

「っ!!　ア、アルカさん！　それじゃ……」

興奮気味に眼を輝かせるフィルにアルカは力強く頷いた。

「ああ、フィル＝フェンリット。君に魔法を授けよう」


――フィルに折りたたんだハンカチを咥《くわ》えさせる。魔力を受け渡す際の苦痛で歯を食い縛り過ぎて歯が砕けたり、舌を噛《か》み切ったりするのを防ぐためだ。

ベッドに深く腰掛け、フィルの身体を抱く。フィルがアルカの胸にしなだれかかっているような体勢だ。アルカは深く息をしながら自分の魔力を研ぎ澄ましていく。

「フィルちゃん。僕に体重を預けて。無理かもしれないけどなるべく心を平静に。僕の身体に強化魔法をかけとくから苦しかったら思いっきりしがみついて構わない。痛みで暴《あば》れたりしたら危ないし少しは気が紛れるだろう」

アルカの言葉にフィルは小さく頷き、ギュッとアルカに抱きついてくる。こうしているとあらためてその身体の小柄さと軽さを感じる。

アルカは緊張を吐き出すように細く、長く息を吐いた。

「それじゃ、始めるよ。覚悟はいいかい？」

フィルが頷くのを確認するとアルカは自身の魔力を起動させた。

フィルの背中に魔法陣が浮かび上がり、アルカの手がその魔法陣を通してまるで水の中に手を入れるようにフィルの身体の中に入っていく。

――接続、開始。

「ひぐっ⁉」

フィルが悲痛な声を上げた。

現代の人間が使わなくなった器官。魔力の通り道がアルカによってこじ開けられていく。

フィルは眼にいっぱいの涙をため、アルカにギュッと抱きつき歯を食い縛って耐えている。

「くぅうっ……‼」

少しでも気が紛れればと空いた方の手でフィルの頭を撫でつつ、アルカは作業を進めていく。

――第三までの魔力路、解放。安定化、完了。第四と第五に問題有り。……こちらは通常の神経の一部と僕の魔力で代替品を作る。……完了。作業続行。

思考は努めて穏やかに、無感情に。

僅《わず》かでも手を誤ればそれはフィルに激痛となって襲いかかる。それは自分の身体を裂かれるより何倍も苦しい。

魔力路解放作業。完了。

魔力の通り道は開いた。次は自分の魔力をフィルに結びつけ、フィルの中に魔力を貯蔵する器官を増設する。

フィルの身体に紋様《もんよう》が浮かび上がり、肌に染《し》み込むように消えていく。

――幾つもの糸を結び合わせていくのをイメージする。なるべく急いで、けれども綻《ほころ》びがでないように。慎重に、丁寧《ていねい》に。するとアルカの頭の中にある声が流れ込んできた。

(――熱い、苦しい、よぉ……)

それはフィルの思考。他人と魔力を繋ぎ合わせた時にたまに起こる現象だ。

悲痛な心の声に胸が痛くなるが、思考が流れ込んでくるのは魔力の接続が上手《うま》くいっている証拠でもある。アルカは慌てることなく、丁寧に作業を進めていく。

――と、これまでの悲鳴のような心の声に混じって別の声と映像が混じってきた。

(けど……私は……!)

強い意志を感じた。同時に、自分の周りに船室とは別の風景が広がるのを感じた。

──気がつけば、アルカはガタンゴトンと揺れる細長い乗り物の中にいた。

「ここは……」

……魔力の接続、どうも上手くやり過ぎたらしい。

ここは現実空間ではなく、フィルの心の中。アルカの精神がフィルの心の中に入り込んでしまったのだ。

珍しい事象ではあるが、相性《あいしょう》が極端にいい相手と魔力を繋ぎ合わせるとこういうことが起きる場合があると聞いたことがある。

今自分が乗っている乗り物は電車と言っただろうか？　確かナビに見せてもらった資料にあった。

後ろを振り返ると座席に座ったフィルと他の子供達がいた。

フィルは他の子供達と笑いながら話している。楽しげな視線を窓の外へ。流れていく景色《けしき》を柔らかな笑顔を浮かべて眺めている。

……笑いながら、安心して遠くまで行けるかつての当たり前。今はおそらく世界中探してもどこにも無い光景。

周りの風景が切り替わる。

──涼風が頬《ほお》を撫でた。

地平線まで続く草原にアルカは立っていた。まるで緑の海。ふわりと風が吹くと草が揺れ、さざ波を作る。

見上げれば透き通るような青空が広がっていた。深く、鮮やかな青。そこに浮かぶ白い雲とのコントラストがよく映える。

「綺麗だ……」

その風景を見てアルカは我知らず呟いていた。フィルの心の中にある風景。それはどこまでも綺麗で、澄み渡っていた。

「アルカさんアルカさん！」

その景色に見惚《みと》れていると後ろからフィルの声が聞こえた。クイクイとアルカの袖《そで》を引っ張っている。

振り返る……と、そこでは子供達がピクニックをしていた。草原にシートを敷いて、バスケットに入ったサンドイッチを頬張りながら楽しそうに笑っている。

「アルカさんも一緒に食べましょ？　早くしないとなくなっちゃいますよ？　……今回のサンドイッチはなんと！　新鮮なお魚をムニエルにして挟んだムニエルサンドです！　自信作です！」

心の中のフィルはそう言って明るい笑顔を向けてくる。アルカはクスリと笑ってそんなフィルの頭を撫でた。

――この風景は美しい。けれど、フィルは本物は知らないだろう。

フィルは魔獣が復活してから生まれた子供だ。魔獣が蔓延《はびこ》り瘴気が溢れてしまったこの世界にはもう、安心してみんなとピクニックできる草原なんておそらくどこにもない。

だからこれはきっと、物語か何かを見てフィルが思い描いた想像であり、憧れであり、願いなのだろう。

（今の世界では叶《かな》うことのない願い……か）

――本物を、見せてあげたいと思った。

フィルは知らないのだ。仲のいい友人達と見知らぬ土地を旅する楽しさも、だだっ広い草原に寝転んで風に吹かれる気持ちよさも。今の世界では想像し、憧れることしかできない。

それを体験させてあげたいと思った。その願いを叶えてあげたいと思った。

――正直に言って、周りから英雄視されることには未《いま》だに抵抗がある。

アルカが命がけで戦ったのは自分の大切なものを護りたかったからだ。言ってしまえば自分のため。それがたまたま多くの人を護ることに繋がっただけだ。

……少なくともアルカはそう捉《とら》えている。真の英雄は、無辜《むこ》の人々のために命を賭《か》けたかつての仲間達の方だと。

――だけど、この願いのためなら戦える。

その願いは美しかった。どうかその願いを叶えて欲しい。叶えてあげたい。そのために力を振るえるというのなら、魔法使いとしてこれほど誇らしいことはない。心からそう思えた。

「けど、もう少しぐらい俗物的な欲を持ってもいいいんだよ？　いや、心が綺麗なのはいいんだけどここまで純真だと逆に心配になってくるというかね？」

冗談交じりに心の中のフィルにそう言うと、フィルはキョトンとした顔をした。

「よくわかりませんけど、私お魚大好きですよ？　アルカさんも一緒に食べましょ？」

そう言ってフィルはムニエルサンドを差し出してくる。それで『お魚食べたい』がフィルの欲求なのだと気づいて、アルカは思わず吹き出してしまった。

――ああ、本当に、この子と出会えてよかった。


それから約三十分、全ての作業は完了した。

「終わったよフィルちゃん。大丈夫かい？」

フィルはアルカの言葉にすぐには応《こた》えられなかった。アルカの腕の中で息も絶《た》え絶《だ》えな様子でぐったりとしている。

身体中に汗が滲《にじ》んでいて、着ているワイシャツはぐっしょりと濡れて絞れそうなほどだ。

だがそれでも意識ははっきりしており、アルカの呼びかけに小さく頷く。

「これで……私も、魔法を使えるように……なったんですか……？」

どうにか呼吸を整え、フィルはアルカを見上げて尋ねる。それにアルカは笑顔で答えた。

「ああ、自分の中に熱のようなものを感じないかい？」

アルカの言葉にフィルは自分の胸に手を当てる。そしてもう一度小さく頷いた。

「その熱を意識して、自分の手に移してごらん。くれぐれも無茶な移し方はせず、ゆっくりと、腕を伝わせて移動させるイメージでね」

そう言いつつアルカはフィルの手を取る。フィルは言われたとおりにやってみた。胸の中に感じる熱をゆっくりと移動させ、腕を通し、アルカが支えてくれている手のひらに。

すると手からもやのようなもの湧《わ》き出し、フィルの手の中で渦を巻き始める。

フィルは嬉しそうに表情をほころばせアルカを見る。それにアルカもニコリと笑い返した。

「おめでとう。これで今日から君も魔法使いだ」

こうして、この世界に何百年ぶりかの新しい魔法使いが誕生した。


――ただ、全然違う形でひと波乱あった。

「からだ……だるい、です……」

フィルはそう呟いてぐったりしている。もう指一本動かしたくないといった様子だ。

無理もない。午前中は魚を獲るためにずっと泳ぎまくっていた事に加え、さっきの魔力の受け渡しだ。

これまではフィル自身が興奮していたこともあってなんとかなってきたのだろうが、流石にそろそろ疲労の限界だ。

「疲れただろう。少し眠るといい」

「はい……そうします……」

ころんとフィルの身体をベッドに横たえる。

そのまますぐに眠ってしまうかと思ったがフィルは少し居心地《いごこち》が悪そうに身体を震わせた。

「あの、アルカさん……。少しおねがいがあるんですけど、いいですか……？」

「ん、なんだい？　何でも言ってごらん」

するとフィルは少し恥ずかしそうに頰を染めた。

「服、脱がせて……身体、ふいてほしいです……」

「…………へ？」

アルカは固まった。

「汗でびしょびしょで……気持ちわるくて……おねがい、できますか……？」

「え、あ……え〜と、その、僕、一応男なんだけど……？」

「大丈夫、です……。ちょっと恥ずかしいですけど……小さい子、お風呂《ふろ》に入れたりして……なれてますから……」

「いやいやいやいや！　いろいろと問題のレベルが違わないかい⁉」

「？」

まるでアルカの言葉の意味をちゃんと理解していないかのようにフィルは不思議そうな顔をしている。

「とにかく、おねがい……します……」

もう喋《しゃべ》るのも億劫《おっくう》な感じだ。――これ、どうしよう？

アルカは引きつった笑顔を貼《は》り付けたまま固まっていた。

正直逃げ出したい気分だったがフィルの服は触ってわかるほど汗でびしょびしょだ。このまま放置したら風邪を引いてしまうかもしれない。

「くしゅん！」

フィルは可愛らしくくしゃみした。汗で冷えてきたのか、少し寒そうにも見える。

……風邪と言うと大したことがないと思うかもしれないが、医者がいない船上では危険だ。抵抗力が下がれば他の病気にもかかりやすくなるし、悪化して肺炎等を起こしてしまえば時として命にかかわる。そう思うとやはり着替えさせないわけにはいかない。

――まあ、後で冷静になって考えてみれば他の女の子でも呼んできてその子に頼めばよかったのだが、そんな簡単なことにすら気づかないほどこの時のアルカはテンパっていたのだ。

魔法に関しては確かに百戦錬磨《ひゃくせんれんま》なのだが、なにせ千年以上もの間、人との関《かか》わりがまったくなかったのだ。女性に対する免疫などもはや完全になくなっている。

（い、いや、そもそもフィルちゃんぐらいの女の子を着替えさせるってことにこれだけ動揺している僕の方がおかしいのかもしれない。千年前だとフィルちゃんぐらいの歳で結婚するような人も珍しくなかったけど、今だとその辺の感覚も違うのかも。だ、だったらこれだけドキドキしている僕の方がおかしくて、別にフィルちゃんの身体を拭いて着替えさせることは普通のことで……）

思考がぐるぐるしてきているがアルカはどうにか心を落ち着けようとする。

「ぬ、脱がせる……よ？」

アルカの確認にフィルは小さく頷いた。

僅かに震える手で汗で濡れたシャツのボタンを上から一つずつ外していく。

細い首元や鎖骨の辺りが露《あら》わになる。しっとりと濡れた肌が艶《なま》めかしい。

柔らかな曲線を描く胸の膨らみ。……ボタンを外す時に指先が膨らみに触れて、フィルがピクンと震えた。アルカの心臓もバクバク鳴っている。

スベスベのお腹《なか》、キュッと締まった腰回り。女の子の匂いがする。くらくらする。

なるべく目の焦点を合わせないようにはしているがどうしても見てしまう。

そのままボタンを外していく。ワイシャツの隙間《すきま》から可愛らしいへそ、さらにその下の小さなリボンがあしらわれた白い下着が見える。

「ん……」

フィルは小さな声を上げた。やっぱり少し恥ずかしいらしい。顔は赤く、チラチラとアルカの反応をうかがっているのだがその姿がとても可愛い。

シミひとつない肌はきめ細かく柔らかそうで、まだ子供と言ってもいい年齢なのだがその身体はすでに女性らしさを帯びてきている。

シャツをはだけさせる。ブラジャーは着けていない。流石に恥ずかしいのか胸を手で隠しているのだが、その恥じらって隠そうとする姿はむしろ男心を昂《たかぶ》ぶらせてしまうものだ。

フィル自身にはその自覚がまったくないという点も非常に破壊力が高い。

子供の可愛らしさと大人の魅力が同居しているというか。あと五年もすればきっと、女性として大輪の花を咲かせることだろう。

アルカはゴクリと息を呑《の》む。

（いやちょっと待て僕。なんだゴクリって）

少しでもフィルを女性として見てしまったことに自己嫌悪を感じつつ、アルカは極力冷静に努める。

「え、ええっと……脱がせていいんだよね？」

一応あらためて確認するが答えは変わらずフィルはこっくり頷く。

アルカは深呼吸し、覚悟を決める。

「えー……その、隠したままだと脱がせられないから……その、手を、どけて欲しいんだけど……」

「……っ」

アルカの言葉にフィルは小さく頷きはしたものの、手をどかすのをためらっている。

何かものすごくいけない事をしている気分になったがとにかくシャツを脱がさないといけない。アルカはフィルの手をどかそうと手をかけた……その時であった。

『アルカ＝ニーベルク……貴様、何をしている……？』

——その時に感じた威圧感を例えるなら、良からぬ男の魔の手から愛娘《まなむすめ》を護ろうとしている父親のそれだった。

だらだらと先程までとは違う嫌な汗が出てくる。恐る恐る振り向くとそこにはメンテナンスとやらを終えたらしいナビが浮かんでいた。

……何か微妙にブルブル震えているのはヴァイブレーション機能というやつだろうか。ウィンウィンと音を立て、ナビの両側面から細長いアームが出てくる。その先端がバチバチと稲光《いなびかり》を放ち始めた。

「ナ、ナビ？　き、君はきっとなにかとんでもない誤解を……」

『対人鎮圧兵装、ショックアーム起動。フィル＝フェンリットの保護のため、貴様を攻撃する』

「ちょっ!?　ま……うわあああああああ!?」


――その後、アルカは電撃を数発喰《く》らったもののフィルの協力もあってどうにか事情を説明できた。そしてナビにショックアームを突きつけられたままフィルの汗を拭いて別のワイシャツに着替えさせた。

身体を拭いている途中でフィルは体力の限界が来たらしくコテンと眠りこけてしまい、眼を覚ますまでの数時間、アルカとナビはろくに言葉を交わすこともなく気まずい時間を過ごした。

「ん……」

フィルがもぞもぞと動き、ベッドの上で上半身を起こす。

まだ眠いのか眼をしょぼしょぼさせ、可愛らしくあくびした。大きめのワイシャツの袖で眼をこすりぼんやりとしている。

『フィル＝フェンリットの起床を確認。バイタルチェック……正常。フィル＝フェンリット、身体に違和感等は無いだろうか？』

その言葉にフィルはナビを見た。だがナビの質問には答えずブスッとしたジト目でナビを見ている。

『フィル＝フェンリット？』

「ナビ、私ちょっと怒ってます。駄目じゃないですかいきなりアルカさんに電撃浴びせるなんて！」

『……それに関しては謝罪する』

「謝るのは私じゃなくてアルカさんにです！」

ナビを叱《しか》りつけるようにフィルはそう言った。子供っぽいところはあるがやはりこういうところはお姉ちゃん気質だ。

『アルカ＝ニーベルク。その件に関してはすまなかった』

「ああ、うん。いいよ、気にしてないから」

『……だがフィル＝フェンリット。当機は貴女の行動にも大きな問題があったと指摘する』

「大きな問題？」

フィルはキョトンと首を傾げる。

『いくら信用しているとはいえ、異性に対してあのような事を依頼するのは厳に慎むべきだ。現実問題として、当機がいなければアルカ＝ニーベルクは抵抗できない貴女に対して無理やり性行為に及《およ》ぶ可能性もあったと当機は認識している』

「ちょっナビ⁉　僕はそんなことしないよ！」

アルカが抗議の声を上げるがナビはまるで睨《にら》みつけるように機体のカメラをアルカに向ける。

『当機は貴様がフィル＝フェンリットの身体を拭く、着替えさせる等の作業をしていた間も、貴様のバイタルを常にチェックしていた。その上で質問する。アルカ＝ニーベルク、貴様はその際、フィル＝フェンリットに対して邪《よこしま》な感情を一切《いっさい》抱かなかったと、胸を張って言えるのか？』

「……い、いや！　だからってフィルちゃんにそんな変なことはしないよ！」

『その口ぶりだと多少は邪な感情を抱いたと判断するが相違はないだろうか？』

「…………ごめんなさい。僕が悪かったです。お願いだからフィルちゃんの前でその話やめて……」

アルカは恥ずかしさと自己嫌悪で両手で顔を覆ってしまった。

いったいどんな顔をされているだろうと恐る恐るフィルの顔色をうかがう。

だがフィルは相変わらずキョトンとした顔で頭にクエスチョンマークを浮かべていた。

「アルカさん、ナビ。せーこーいって何ですか？」

「…………」

『…………』

アルカとナビが顔を見合わせた。

「え、え〜と……フィルちゃんは……赤ちゃんがどうやってできるか、知ってる？」

「やですねえ、もう子供じゃないんですからそれぐらい知ってますよ」

引きつった表情で聞いたアルカに対し、フィルはクスクス笑って笑顔で答えた。

「男の人と女の人が仲良くしてたらコウノトリさんが運んできてくれるんですよね？」

空気が固まる感じがした。ある意味間違っちゃいないけどすごく間違ってる。

「ナビ、君に質問がある。……この時代の性教育どうなってるの？」

『……そういった知識を教育機関で教えた際、保護者から苦情が殺到し、それ以降そういった知識を教えなくなったという情報がある』

「いや駄目だよね？　明らかにまずいことになってるよね⁉　この時代のことに関してはこれまでいろいろと感心しっぱなしだったけどそれはどう考えても本末転倒だよ⁉」

何やら騒いでいるアルカとナビに首を傾げつつ、フィルはニコニコと笑顔を浮かべている。

「アルカさん、その……せーこーい？　というのをしたいのなら、私は構いませんよ？」

フィルがそう言った瞬間アルカは吹き出した。ナビがプロペラの回転速度を間違えたのか急上昇して天井《てんじょう》にぶつかり墜落した。

フィルはそんな二人の反応にちょっと不思議そうな顔をしながらも相変わらず無垢《むく》な笑顔を浮かべている。

「せーこーいというのはよくわかりませんが、アルカさんはしたいんですよね？　アルカさんにはいろいろと恩がありますし、何かお礼をしたいと思っていたんです。だから私にできることがあれば言ってください。何でもしますから」

「ナビ！　ナビイィィッ!!　間違ってる!!　今の教育絶対間違ってる!!　何でもするとか女の子が言っちゃいけない台詞《せりふ》ナンバーワンだろう!?」

『思案中……。Aランク優先事態と判断。緊急避難措置として一部年齢制限のかかっている情報の規制を解除。アルカ＝ニーベルク。貴殿に協力を要請する。彼女には教えるべきだ。たとえそれが残酷《ざんこく》な真実であったとしても』

そうして、二人の保護者によるフィルへの性教育が始まった。――どうしてこうなった。

約一時間後、そこにはベッドの上で布団《ふとん》を被ったまま悶絶しているフィルの姿があった。

「……フィルちゃん。だ、大丈夫？　気にしなくていいよ知らなかったことなんだし……」

『当機もその言に同意する。フィル＝フェンリット。貴女に責任は無い』

フィルはもぞもぞと布団から顔を出した。恥ずかしさからか顔は真っ赤で涙目になっている。

そんな表情も不謹慎ながら可愛いと思ってしまった。

「……アルカさんも、私の裸を見て……その……えっちな気分になったりしたんですか？」

今までにない非難のこもった眼に耐えきれずアルカは視線をそらす。

「いや、えっとだね……男というのはそういう生き物で……その、本当にごめんなさい」

「私……恥ずかしかったけど、アルカさんならって……それに私ったらあんなこと言って……うぅ～……」

ポロポロとフィルの眼から涙が溢れてくる。遂《つい》にはヒックヒックとしゃくり上げ始めた。もう最高に気まずい。

「もうお嫁に行けないです……」

「そ、そんなことないさ！　フィルちゃんならどこにだってお嫁に行ける！」

フィルの小さな肩に手を置いて力強く言い切る。しかしフィルは泣きやまない。

「うう……だって……だってぇ……」

「も、もしいざとなったら僕がもらってあげるから！　いや、君みたいないい子なら是非ともお嫁に来て欲しい！　うん、是非お嫁に来てくれ！」

「…………え？」

さっきまで泣いていたフィルが眼をパチクリさせた。

ただでさえ赤かったその顔がみるみる内にゆでダコもかくやというほど真っ赤になっていく。――というか、自分は勢いで何かとんでもないことを言わなかったか？

「あ、あの、アルカさん。そ、それって……」

おずおずと様子をうかがうようにフィルはアルカを見上げる。アルカの顔も赤く染まっていく。

――アルカの後ろでナビがショックアームを起動させた。

「え？　ちょ？　ナビ？」

『攻撃対象、アルカ＝ニーベルク。フィル＝フェンリットを誑《たぶら》かした罪で対象を粛清《しゅくせい》する』

「いやいやいやいや!?　誑かしたって……」

『攻撃、開始』

そうしてナビから電撃が放たれ、アルカはそれを魔力障壁で防いで、ドタバタしながらもその日も一日を終えるのだった。

――今日も濃い一日だった。そして、幸せな時間だった。

願わくば、こんな日が少しでも長く続いて欲しいと、アルカは心から願うのだった。

†

〝それ〟は数多《あまた》ある魔獣の中で、唯一人間以上の高い知能を持っていた。

〝それ〟は千年前の戦いにおいて、その知能をもって魔獣を操《あやつ》り、人類を滅亡寸前にまで追い詰めた。

……だが、千年前の戦いの結果は知っての通り、人類が勝利した。

——何故《なぜ》我々は敗れた？　……解らない。

魔樹が封印され自分達の敗北を悟った時、〝それ〟は機能が停止するよりも早く自らを弓矢のように変形させ、核となる部分を当時の人類の手が届かぬ場所、衛星軌道上にまで打ち上げた。

そして地球の周りを周回するデブリに自らを偽装し、来《きた》るべき再起の時に備え人類の観察に務めることにした。

……とはいえ、魔樹がない状態では大した事はできない。せいぜい自分の微細な一部を地上に落とし、適当な生物にくっついてその生活を覗き見するのが関の山だ。

〝それ〟が特に注目したのは感情と呼ばれる人間が持つ思考性だ。

それはあまりに不安定で非合理的なものに見える。仮にそれが無く、全ての人類が種の発展にのみ人生を捧《ささ》げていれば人類は今とは比較にならないほど栄えていただろう。

どう考えても不要なもの。……なのにその感情は時に人間を飛躍的《ひやくてき》に強くする。まるで計算が通用しない要素。それ故に自分達は敗北したと〝それ〟は断定する。

〝それ〟は人類を観察し、感情というものを学び始めた。

全ては種の繁栄のため。いつか来る魔樹の復活の時、今度こそ人類を滅ぼしこの星の覇権を得るために。……少なくとも、その時点では、まだ。

――フィルへの魔力譲渡から一週間が経過した。

「それじゃ今日も始めようか？」

「はい！　よろしくおねがいします！」

今朝《けさ》もいつものように、フィルとアルカは丸椅子《いす》に座って向かい合う。

フィルは手を水をすくう形にして前に出し、アルカは同じような手の形を作ってフィルの手を下から支えてやる。万が一魔力の暴走が起きた時にすぐに抑え込むためだ。

「それじゃ最初は丸、三角、四角。それができたら球体、立方体、ピラミッド形、の順番でやってみようか」

「はい！」

フィルは眼を閉じ、自分の中に宿った熱――魔力に意識を集中する。

身体の中にある熱を腕を通して手のひらに。すると手からもやのようなものが湧《わ》き出し、渦巻き始める。

さらにそれに意識を集中、もやはゆっくりと形を変え丸、三角、四角。さらに球体、立方体、ピラミッド形とアルカの指示した形へと順番に変化していく。

「うん、よし。この辺では失敗しなくなったね。それじゃ次は少し難易度を上げるよ。星、魚、鳥、花。形はシンプルでいいからこれを順番に作ってみて」

「は、はい！」

フィルは言われた通りにもやの形を変化させていく。星……、魚……、鳥……、は——

「あっ⁉」

花を作ろうとした所でもやの形が崩れてしまった。フィルはがっくりと肩を落とす。

「少し肩の力を抜こうか。魔力の制御は一部だけを見るんじゃなくて全体を見ること。大本になる部分から適量だけを型に流し込むイメージかな？」

「一部だけじゃなくて全体……適量だけ型に……」

フィルはアルカの言ったことを繰り返しながら近くに置いてあったメモ帳に書き込んでいく。

「それじゃもう一度、初めからやってみようか？」

「はい！　お願いします！」

——フィルの魔法の才は……正直なところ、あるとは言えない。

少なくとも修行開始三日目で十本の指の先に別々の像を作って見せたアルカのような、階段を二段飛ばしで駆け上がっていく天賦《てんぷ》の才能はない。一つ一つ、順番に積み重ねていかなければならないタイプだろう。

それに他人から譲渡された魔力は扱いが通常よりも難しいのだ。おそらくまだまだ時間がかかる。

まずは魔力の暴走の危険を減らすために魔力制御の練習ばかりやらせているが、結構な頻度《ひんど》で失敗する。

このペースだと海上都市とやらに着くまでに初歩的な魔法をいくつか習得できるかどうかといったところだろう。


だが、アルカは悲観してはいなかった。

魔力制御の練習ははっきり言って魔法の鍛錬《たんれん》でもっとも退屈な部類のものだ。しかもこれだけ失敗続き、普通なら少しぐらいくさったりするものだろう。

しかしフィルはそれがない。何度失敗してもめげず、最初と変わらない集中力を維持し続けている。アルカはそれを好ましく思った。

一つ一つ順番に積み上げていかないといけないタイプ？　なに、彼女なら問題ない。きっと彼女は積み上げて積み上げて、やがては大空に羽ばたいていく。

「やった！　アルカさんアルカさん！　できました！」

フィルは今度はアルカに指示されていた形を上手《うま》く作りきった。

「うん、魔力の制御もだいぶ上達してきたね」

そう言ってフィルの頭を撫《な》でる。するとフィルは「えへへ♪」とくすぐったそうに笑った。

機嫌良さそうに耳をピコピコ。前にも言っていた通り頭を撫でられるのが好きなようで、眼を閉じてアルカに頭を撫でられるのを堪能している。

その姿を愛《いと》おしいと感じた。可愛《かわい》らしいと思った。

昔、誰《だれ》かが『初めての弟子は自分の子供みたいに可愛いものだ』と言っていたと思うが……なるほど、その気持が今ならよくわかる。こうして頭を撫でているとこっちまで幸せな気持ちになってくる。

一応、師匠の威厳的なものもあるので自戒しているが、気を抜くとついつい甘やかし過ぎてしまいそうだ。


「……うん。よし、このまま魔力制御が安定してきたら簡単な魔法の練習でも始めてみようか?」

「本当ですか!?」

フィルがパッと表情を明るくする。ああ、かわいいなあもう本当に。

「そうだな……。最初は基本になる肉体や五感なんかの強化、それに魔力障壁辺りから初めていこうか。しつこく言うけど、くれぐれも魔力の制御はおろそかにしないこと。興奮しすぎて魔力が暴走しそうになったりしたら魔力制御の基礎からやり直しだからね？」

「は、はい！　気をつけます！」

穏やかな時間だった。暖かい時間だった。千年の孤独を埋めるような、そんな——。

ピンポーン、と。部屋のインターホンを鳴らす音がした。

アルカとフィルは視線を交わし「私が出ますね」と言って、トコトコとフィルがコンソールの方に駆けていく。

アルカはフィルが応対する様子を見守っていたのだが……何やら様子がおかしい。

「どうかしたのかい？」

「えと、よくわからないです。ただアリスちゃん、ラルド君、レイス君が話があるから入れて欲しいって」

「アリスちゃん達が？」

——アリス、ラルド、レイスは三人共十一歳でフィルを除けば子供達の中で最年長。大人っぽくて小悪魔チックなところがあるアリス、いかにも元気小僧といった感じのラルド、少し気だるげな感じのレイスの三人組だ。

性格も得意分野もバラバラなのだが仲が良く、だいたいいつも一緒に行動している。フィルが子供達のリーダーだとするなら彼女らはムードメーカーといったところだろうか。

……なのだが、扉を開けて入ってきた三人にはいつもの快活《かいかつ》さはなく、ラルドとレイスが真ん中にいるアリスに付き添うようにしつつ暗い表情を浮かべている。

そして二人に付き添われたアリスはと言うと、いつもの大人っぽさは微塵《みじん》もなく、まるで悪いことをして怒られる直前の子供のような顔をして俯《うつむ》いていた。

「アルカ兄さま、フィル姉さま……私……」

今にも泣き出しそうな不安げな声。

アルカはアリスの前で膝《ひざ》をついて目線を合わせると、安心させるように柔らかく笑う。

「大丈夫だよ。どうしたの？」

「これ、見て欲しいの……」

アリスはブラウスのボタンをいくつか外すとグイと引っ張って肩の部分を露出させる。

——アリスの肩に紋様《もんよう》のような痣《あざ》が浮かんでいた。

「っ？！！」

動揺を見せてはいけないと思っていたのにアルカは言葉を失ってしまった。暖かかった空気が一気に零下まで冷え込むような感覚だった。

「その……この避難船に乗る前、街が魔獣の群れに襲われた時、虫みたいな魔獣に小さなトゲを刺されたの」

ぽつりぽつりとアリスは話す。

「それで……その……皮膚《ひふ》の中に入り込んじゃって、取れなかったけど痛くもなかったから、それで……みんな大変そうだったし心配かけちゃいけないって思って……そのまま放っておいたの……そしたら……」

アリスの言葉を聞きながら痣を確認する。信じたくなかったが間違いない。

――瘴気《しょうき》による侵蝕だ。

「あの……私、どうなるの……？」

アルカはその問いかけに答えられなかった。舌が喉《のど》に貼《は》り付いて言葉が出ない。どうにか辛《かろ》うじて表情に出さないようにするのが精一杯だ。

……このままいけば、彼女は二十四時間以内に死亡し、魔獣化する。

有効な対策は、魔獣化する前に殺すこと。

遠くなっていた過去の記憶が脳裏《のうり》をよぎる。……母親が泣きながら我が子を絞め殺し、その後自らも命を絶つ地獄の光景を。

――殺せというのか？　ここまで一生懸命生きて、一緒に旅してきたこの子を？

……と、その時、アルカがアリスの話を聞いている間にいつの間にか部屋を出ていたらしいフィルが戻ってきた。

「アルカさん、すいませんちょっとどいてください」

「え……ああ……」

「アリスちゃん、少しチクッとしますよ？」

アルカが数歩下がって見ているとフィルはおそらくは医務室から持ってきたらしいカバンから、針の付いた筒のようなものを取り出した。

後で聞くことになるのだがそれは注射器というものだ。フィルはその針をアリスの腕に刺し、血を抜いている。

「ナビ」

『承知した』

短いやり取り。フィルは先程抜いた血を透明な容器に入れ、ナビに渡す。ナビはそれを自分のボディの内側にしまい込むとウィンウィン音を立て始めた。

（いったい……何を……？）

しばらくするとウィンウィンと鳴っていた音が止まる。

ナビは空中に様々な文字と数字が記された映像を映し出した。

『解析終了。ステージ1と診断。現段階であれば投薬による治療が可能である』

「え……？」

アルカは思わず聞き返した。

「治……るの……？」

「はい。まだ間に合います」

――これまで、アルカはこの時代で様々なものに触れてきたが、それでもまだ心のどこかで科学というものを甘く見ていた。

科学には魔法のような超常の力はない。

にもかかわらず、何故《なぜ》人類はこれ程までに発展したのか。どうやって、かつてたった一年で人類を滅亡寸前にまで追い詰めた瘴気と魔獣の脅威に十八年もの間抗い続けるだけの力を得たのか。

――魔法を失ってからの長い長い年月。ただひたすら、試行錯誤を積み重ねていたのだ。

魔法という奇跡ではなく科学という必然を求め、何千回でも何万回でも何億回でも、考えて考えて試して試して試しぬいた。その狂気にも似た積み重ね。

アルカは甘く見ていた。かつて数千万人もの犠牲者《ぎせいしゃ》を出した黒死病を始め、あらゆる病に打ち勝ってきた科学の力を、人類の意地と底力を。

「は、はは。すごいな、科学というものは……」

――死ぬしかなかったものを治療が可能と言える。それがどれほどの偉業かはたして彼等は理解しているだろうか？

……いいや、理解していなくてもいい。それが当たり前であると思える程に普及させたことまで含めて素晴《すば》らしい……いや、凄《すさ》まじい偉業なのだから。

「ええ、ただ……。ラルド君、レイス君。アリスちゃんを医務室に連れて行ってくれませんか？　放送でナビの本体の方から指示があると思うから、それに従ってね？」

フィルにそう言われ、三人は医務室に向かう。それを確認するとフィルはあらためてアルカの方に向き直った。

「この船にはもう、薬が無いんです」

『元々はそれなりの備蓄があったのだが、街を襲撃された際の負傷者の治療で使い切ってしまった』

フィルとナビの言葉を聞く。薬が無い、だが先程のように絶望したりはしない。

「方法と猶予時間は？」

『検査結果から考えて五時間程度。それを過ぎればステージ2に移行し、投薬による治療は困難になる。薬自体はそれほど希少なものでもないので医療施設等の跡地であれば入手は可能だろう。ただ……場所が悪い』

ナビは空中に周辺の地図を表示する。

青い光点で船の現在地が示され、そこから少し離れた陸地に白い光点で『医療施設』と表示された。だがその場所は『侵入危険地帯』として真っ赤《まか》に塗りつぶされたエリアの中だった。

『現在地から猶予時間内に到着し、物資の回収を見込める医療施設はここのみである。高濃度の瘴気で汚染されたエリアの中にあり、多数の魔獣の襲撃が予測され極《きわ》めて危険。……当機としては、全体の安全を考えるのであれば彼女を見捨てるのも選択肢の一つと……』

「それだけは絶対に駄目です！」

ナビの言葉を遮《さえぎ》ってフィルが叫ぶように言った。ナビもフィルならそう言うだろうとわかっていたようで、それ以上意見することはなかった。

「では、進路を変更。目的は当該医療施設での物資の回収及《およ》びアリス＝アリリカの治療。我々は医療施設最寄《もよ》りの港から上陸し、港から約二・五キロの距離にある医療施設で物資を回収。その後船へ帰還し、患者の治療にあたる。港までの所要時間は約二時間と推定。多数の魔獣との戦闘が予想されるため装備の確認及び厳選を。そして……アルカ＝ニーベルク」

淡々とこれからやるべきことを述べていくナビは最後にアルカの方にカメラを向けた。

「なんだい？　僕にできることなら何でも言って欲しい」

アルカのその言葉にナビが答えるのには少し間があった。

『……貴殿《きでん》は船に残り、船の防衛にあたって欲しい』

「……え？」

『今回、医療施設での物資の回収には当機とフィル＝フェンリットのみであたる』

†

ナビがアルカに船に残れと言ったのはごく単純な理由、アルカ以外に魔獣が蔓延《はびこ》る危険地帯で船を防衛できる者がいないからだ。

そもそも、ナビが危険を避けるために尽力していたのも大いにあったが、この船がアルカと出会うまで無事に航海を続けられた時点で奇跡的なものだった。

まともに戦える者はフィルしかおらず、そのフィルにしても自分一人だけ逃げるのならともかく、他の子供達を護《まも》りながら魔獣と戦うとなるとせいぜい小型の魔獣十匹程度が限界だ。

それ以上の群れ、もしくは中型以上の魔獣一体とでも遭遇していれば為《な》す術《すべ》無く全滅していたことだろう。そしてこれから向かう危険地帯は百匹以上の群れや大型、或いはそれより遥《はる》かに危険な魔獣が当たり前にいる場所だ。

アルカが船を離れてしまえばそれらへの対抗手段が無くなる。薬を手に入れて戻ってみれば、子供達が皆殺しにあっていたなど洒落《しゃれ》にもならない。

船の甲板。時刻は昼前で、空は晴れてはいるものの高濃度の瘴気の影響で陽《ひ》の光は淡い。

フィルはナビの表示するマップと船から見えてきた港、そしてその奥にあるビル街を見比べブツブツと何かを呟《つぶや》いている。

おそらくは病院までのルートを頭の中に叩《たた》き込んでいるのだろう。その様子をアルカは心配そうに見ていた。

視線に気がついたのかフィルがアルカの方を振り向く。そしてアルカを安心させようとしているのか柔らかく笑った。

「も～、アルカさん！　そんなに心配しなくても大丈夫ですって！　私、逃げ足には自信があるんですから」

――アルカはフィルの足が僅《わず》かに震えていることに気づかないふりをしておいた。

「うん。だけどくれぐれも気をつけてね？」

「はい！　……それじゃ、そろそろ港に到着するので準備してきますね」

「……ああ、ちょっと待ってくれないかな。君に預けておくものがあるんだ」

フィルを呼び止めるとアルカは懐《ふところ》から紅い宝石のペンダントを取り出し、それをフィルの首にかけた。フィルはキョトンとした顔で宝石を手に取る。

「アルカさん、これは？」

「お守りだよ。千年前……僕の仲間達がくれたものなんだ」

「え⁉　そ、そんな大切なもの……」

「もちろんあげるつもりはないよ？　それは僕にとってもすごく大切なものだからね」

アルカは膝をついてフィルとまっすぐに眼を合わせる。

「だから無事に帰ってきて、ちゃんと僕に返しにくるんだよ？」

様々な感情がこもった声。フィルはジッと手の中で赤く輝く宝石を見つめ、小さく頷《うなず》くと宝石を自分の服の中にしまい込む。

「わかりました。必ずお返しします。それじゃああらためて……、行ってきます！」

「ああ、いってらっしゃい」

そうしてアルカは手を振ってフィルを見送った。

†

地球衛星軌道上。〝それ〟はアルカの様子を静かに見ていた。

そして、アルカが送り出した赤い髪の少女の姿も。

『…………』

血のような赤い眼が、僅かに細められた。

†

——上陸してから約三十分後。フィルは病院の廊下を歩いていた。

「……ここまで上手くいっちゃうと、なんだか逆に恐いですね」

『フィル＝フェンリット。油断は禁物である。ここが危険地帯であることに変わりはない』

——フィルはすでに〝目的の薬を入手していた〟。

ここまでの行程は本当に恐いほどに順調だった。

上陸して物陰に隠れるとナビはまず生体センサーを起動させ、周囲の魔獣の位置を探った。凄まじい数だった。高濃度の瘴気の影響でセンサーの索敵範囲が狭《せば》まっていたのもあるが、その索敵範囲の大半を魔獣を示す赤い光点が埋め尽くしていた。

——だが〝偶然にも〟病院までの最短ルート上には魔獣がまったくいなかったのだ。

持ってきた銃を一発も撃つこと無く病院に到着したフィルは院内案内を確認。目的の薬が十階にあるだろうことがわかると苦い顔をした。

階段を上っている時に魔獣と遭遇すれば最悪だ。狭くて逃げづらく、脇《わき》をすり抜けて行くのも困難な上に挟み撃ちの危険もある。

しかし〝幸運にも〟フィルが十階まで駆け上がる間、魔獣に襲撃されることはなかった。

そしてそのまま実にあっさりと、船にいた時には内心怯《おび》えていたのが馬鹿馬鹿《ばかばか》しくなるほど簡単に、フィルは目的の薬を手に入れたのだ。

「何にせよ、これで後は船に戻るだけですね」

フィルは廊下を足早に歩きながらそう言った。

本来なら船に戻るだけというのもなかなかに困難なもののはずなのだが、行きがあまりにも簡単だったためにそんな気がしない。それとも『行きはよいよい帰りは怖い』という言葉が極東の島国にあるらしいが、そういうものなのだろうか？

フィルは廊下の窓から街を見下ろし、見える範囲の帰りのルートを眼で辿ってみる。……やはり魔獣がいない。

「もしかしてアルカさんからもらったお守りのご利益だったりするんですかね？」

『疑問。魔法というものの存在こそ認めているが流石《さすが》にそれは……警告。フィル＝フェンリット。魔獣の接近を確認』

ナビの警告にフィルはすぐに表情を引き締め警戒態勢に入った。

「ナビ、詳しく」

『対象は一体。前方の曲がり角を曲がった先にいる。ゆっくりとしたペースでこちらに接近中。大きさからして人間大……小型の魔獣に分類されるものである』

「小型の魔獣……ですか」

フィルはチラリと装備を確認する。大丈夫。小型ならもう何度も倒している。なにも問題はない。

「放っておいて後で後ろから攻撃されるのは避けたいです。ここで待ち伏せして倒しましょう」

『了解。当機もその判断は妥当《だとう》であると考える』

戦闘になってはぐれてしまわないように、フィルはナビがプロペラを格納するのを確認してから腰に付けたポーチに入れた。

ポーチからひょこっと顔を出すナビの姿を少しだけ『かわいいな』と思いつつフィルはライフル銃を構える。

照準は前方の曲がり角へ。フィルの耳がペタペタと廊下を歩く音と何かを引きずる音を聞き取る。近づいてくる。


――油断があった。ここまでがあまりに上手くいき過ぎて心の緩《ゆる》みがあった。ゆえに、その魔獣と遭遇した時に動揺して、対応が僅かに遅れてしまった。

曲がり角から姿を現したその魔獣は……全身がかさぶたのようなものに覆《おお》われた異形《いぎょう》の姿をしていた。

「っ⁉」

シルエットは人間に近いが眼と鼻が無く、耳があるべき場所には穴が空いているだけ。口は笑ったような形で大きく裂け、黒ずんだ乱杭歯《らんぐいば》が並んでいる。毛のない全身は醜《みにく》いかさぶたのようなものに覆われ、異様に長い両腕は凶悪な鋭い爪《つめ》を備えズルズルと床を引きずっている。

その異形の魔獣はフィルの方に顔を向けるとニタリと口端《くちは》をさらに吊《つ》り上《あ》げた。

「異形変異種⁉」

『対象特定！　第三級特別危険指定魔獣、プレデター！　逃走せよフィル＝フェンリット！　その魔獣には絶対に勝てない！』

――異形変異種。

瘴気に侵食されて魔獣化した生物は大なり小なり身体の一部が変異する。

腕が触手のようになったり身体が異様に巨大化したり、だがそれでも元の生物の面影を多く残しているものがほとんどだ。

しかし極稀《ごくまれ》に、元が何であったのか判別できないほどにまで異形の姿に変異してしまうものもいる。そういったものの生態は千差万別《せんさばんべつ》でなかなか一纏《ひとまと》めにはできないが、一つ共通点がある。……その全《すべ》てが強大な戦闘能力を有している点だ。

『キィイイイイイイイイイッ！！！』

「きゃあっ⁉」

異形変異種……プレデターは悲鳴のような甲高い雄叫《おたけ》びを上げた。

空気が震え、窓ガラスに亀裂が走る。ただでさえ人並み外れた聴力を持つフィルは思わず身をすくませてしまった。——雄叫びを上げて怯《ひる》ませ、その隙《すき》を突いて対象を殺害する。それがプレデターの狩りの常套《じょうとう》手段だった。

見た目からは想像がつかない俊敏さでプレデターは距離を詰め長い腕を横薙《な》ぎに振るう。フィルは咄嗟《とっさ》に持っていたライフル銃を盾《たて》にした。金属がねじ曲がる音。薙ぎ払《はら》われる。床から足が離れる。——フィルの小柄な身体が吹き飛び、窓ガラスを突き破った。

「…………え？」

フィルは自分に何が起きたかすぐには理解できなかった。

足が床に着かない。身体が宙に浮いている。眼を足の方に向けると、さっきまで自分がいた病院の窓が見えた。やがて身体は重力に引かれだす。——落ちている。十階の高さから落ちている！

「ーーっ！　ーーっ⁉」

闇雲《やみくも》に手足を動かす。だがその手足は空を切るだけで何かに触れることはない。

「や……や……いやあああっ⁉」

思わず悲鳴を上げた。——どうする？　どうすればいい？　何をすれば助かる？　どんな手がある？　必死に思考を加速させる。

――助かる手段が無い。頭の中の冷静な部分がそう結論付ける。息ができなくなる。頭が真っ白になる。そうだ、この状況から助かる手段なんてあるわけがない。数秒後にはアスファルトの地面に叩きつけられる。――この高さなら即死はまぬがれない。

(嫌だ。だって、私はまだ……もっと……アルカさんと……!)

いくつもの死にたくない理由が頭に浮かぶ。……その中で真っ先に浮かんだのがアルカのことだったのが自分でも少し意外だった。

「助けて! 誰か……! 私はまだ……生きたい……!」

アスファルトの地面が目前に迫る。ギュッと眼をつぶる。……その時だった。

胸元に急に熱を感じた。バチバチと身体を電流が走るような感覚があった。手が勝手に動いて地面を指差し、小さな円を描く――地面に魔法陣が展開された。

ボフン、と。まるでクッションに落ちたような感触だった。気がつけばフィルはワンバウンドして、すとんとアスファルトにへたり込むような形で着地していた。

「………へ?」

呆《ほう》けたような声を出す。今度は本当に、何が起きたのかまったく理解できなかった。

ただ、胸元に熱を感じた。服の上からそこに触れてみる。そこには紅い宝石のペンダント――アルカからもらったお守りがあった。

『避けろ! フィル=フェンリット!』

ナビの言葉に我に返る。顔を上げると救急車がこちらに〝飛んできていた〟。

「きゃあっ⁉」

咄嗟に地面に身を投げだして避けた。すぐ後ろでアスファルトに叩きつけられた救急車がグシャグシャになった。飛んできた方向を見るとプレデターがもうすでに地上に降り立っていた。

プレデターはケタケタと笑うように口を動かすと長い腕を伸ばし、近くに乗り捨てられていた自動車を摑《つか》んだ。

細長かった腕が異常な程に隆起《りゅうき》する。プレデターは自動車を軽々と持ち上げ、野球の投球のように振りかぶる。

──走って！

頭の中で知らない誰かの声がした。即座に地面を蹴《け》って走り出す。先程までいた場所を軽自動車がボールのように転がっていった。

走る。逃げる。脇目《わきめ》も振らず全速力で逃走を開始する。

後ろでプレデターの走る音が聞こえる。振り返りたい気持ちを必死に抑え込み走ることだけに集中する。恐い。怪物が追ってくる。恐くてたまらない。……なのにいつもより身体が動いた。頭が冴《さ》えていた。胸元でアルカからもらったお守りは今も熱を発し続けていた。

走る。走る。走る。肺が痛い。酸素が足りなくて頭がクラクラする。それでも懸命に走り続けた。自分でも驚くほどに速く走れた。

ビル街を抜けた。ある程度開けた港のエリアに入る。

苦しい。心臓が痛い。でも、あともう少し、船まで……アルカの所まで逃げれば助かる。

フィルは心の中で自分をそう励まし……急に自分がいる場所に影が差した。

『上方！　停止せよ！』

ナビの言葉にフィルは急ブレーキをかけた。その直後、眼の前に空から大型トレーラーが降ってきた。

もし、後少しでも止まるのが遅ければ今頃《いまごろ》フィルの小さな身体はトレーラーと同じくグチャグチャに潰《つぶ》れていただろう。だがそれに安堵《あんど》する暇は一瞬も無かった。

振り返る。――すぐそこに大きく開かれたプレデターの乱杭歯があった。

「――っ⁉」

咄嗟に頭を上半身ごと大きく仰け反らせた。眼の前でプレデターの口がバクンと閉じられる。一瞬見えたその表情は狩りを楽しんで笑っているようにも見えた。

プレデターはまるで武術の達人のような動作で身を翻《ひるがえ》し、不安定な体勢のフィルの腹部に後ろ蹴りを叩き込んだ。

「あぐ……っ‼」

蹴り飛ばされ、先程のトレーラーに背中から叩きつけられる。衝撃で息ができない。身体が動かない。そのままずり落ちるようにして地面にへたりこんでしまった。

『フィル＝フェンリット!!』

ナビの声が遠く聞こえる。吐きそうになるのをどうにか堪え、顔を上げる。

プレデターは先程までとは打って変わってゆっくりとこちらに近づいてきていた。腰のホルスターから拳銃を引き抜きプレデターの顔面目掛けて発砲する。だが、効かない。銃弾はプレデターの肌を覆うかさぶたにめり込むだけで止まり、皮膚を貫通できない。

プレデターはケタケタと笑うように口を動かしている。逃げられない。まるで獲物が絶望する様子を楽しみたいかのように、ゆっくりとした動きで異形の爪が振り上げられた。

「………っ!!」

恐怖で眼をつぶる。――――次の瞬間、肉が裂けるような鈍い音がした。

「………？」

だが、覚悟していたような痛みはなかった。恐る恐る眼を開ける。

――見慣れた背中があった。左腕を盾にしてプレデターの爪を受け止めている。……腕にはプレデターの鋭い爪が深々と食い込んでいた。袖《そで》がみるみる内に赤く染まっていく。

「大丈夫かい？」

アルカだった。アルカは無事な右腕に持った杖《つえ》で地面を叩く。アスファルトがいくつもの槍のように隆起しプレデターを襲う。

だが、プレデターは大きく飛び退いて距離を取り、それを回避した。

「アルカさん⁉」

「よかった……。念のために迎えに来たけど正解だったみたいだね」

フィルの姿を見て心底安堵した表情でアルカはそうこぼした。

「腕が……そ、それに船は⁉　船はどうしたんです⁉」

そうだ。アルカの心配はもちろんあるがそれ以上に船のことだ。

元々フィルがここに一人で来たのもアルカに船を護ってもらうためだ。こうしてアルカがここにいるということは船は今無防備ということ。

今この瞬間、船に残してきた子供達が魔獣に貪《むさぼ》り食われていても何ら不思議ではないのだ。

フィルの言葉にアルカは少しばつが悪そうに頬《ほお》を掻《か》いた。

「……いや、その……最初は大人しく待ってるつもりだったんだけどさ。なんだか嫌な予感がしたし、遠くからなんかものすごい音とか聞こえてきたから……」

アルカはそう言って苦笑いする。

「だから、ちょっと……いや、かなり無理はしたけど、持ってきたんだ」

「……持ってきた？」

辺りに影が差した。最初は雲が太陽を隠したのかと思った。……だが、それにしては様子がおかしい。フィルは空を見上げる。

「…………え？　え、え、ちょ……アルカさんっ⁉」

――あまりはっきりとした数字までは覚えていないが、たしか自分達が乗ってきた船の重量は一万トンとか二万トンとか、そんな感じの単位だったはずだ。

それが、飛んでいた。まるで飛行船のように空に浮いていた。

「フィルちゃんが港まで逃げてきてくれて良かったよ。流石にこれを持ったままあの塔《とう》がいっぱいある所……ビルって言うんだっけ？　あそこに入るのは無理そうだったからね」

いつもの穏やかな声でそう言って「さて……」と声を低くしながらアルカはプレデターを見た。

「僕の可愛い愛弟子《まなでし》を、ずいぶんと可愛がってくれたみたいだな……？」

声に殺気が乗っている。それを感じたのかプレデターも一歩たじろいだ。だが、今回に関してばかりはフィルは不安を感じていた。

――今のアルカは、普通に戦闘ができるのか？

大型船を浮かべるというのは、いくらアルカでも相当厳しいことではないのだろうか？

その証拠に、アルカは先程フィルを庇《かば》って左腕を負傷した。

普段の彼であればそんなことをしなくても障壁を張るなりして容易《たやす》くプレデターの攻撃を防げたはずだ。

攻撃に関しても。アルカの戦いぶりは何度か見ている。普段のアルカなら回避する隙も与えず初撃でプレデターを仕留めていたはずだ。なのにそうしなかった。いや、おそらくはできなかった。

そしてプレデターから受けた傷。相当深そうだ。袖は真っ赤に染まり、アルカの額には脂汗が浮かんでいる。

今の状態ではいかなアルカでも危ないのでは？　一抹の不安がフィルの頭をよぎる。……と、そんなフィルの視線に気がついたのか、アルカはフィルの方を見て柔らかく笑った。

「なに、心配することはないさ。少し無理はしてるけどその分とっておきの武器があるからね」

「……武器？」

「うん。たぶんものすごい音がするから耳を塞《ふさ》いどいた方がいいかな？　あとナビ……の本体の方。くれぐれも子供達を避難部屋から出さないように。揺れと衝撃を無効化してるのあの部屋だけだから。それと、船全体に保護の魔法はかけたから大丈夫とは思うけど、念の為に後で破損とかのチェックよろしくね」

アルカはそう言うと杖でアスファルトを叩く。一瞬の内にプレデターの足元が鎖のように変化して足に絡《から》みつき、動きを拘束する。――そこに船が降ってきた。

「へ？　ちょっ⁉」

『ギ……ッ⁉』

そんなもの、防げるわけがない。プレデターは断末魔を上げる暇もなく船に叩き潰された。

空が落ちるような轟音《ごうおん》。あまりの衝撃に地面が大きくひび割れ地震のように揺れた。


「……よし。…………つっ」

プレデターを倒したのを確認すると、アルカはその場に崩れ落ちるように膝をついた。

あまりの出来事《できごと》に呆けていたフィルだがそれで我に帰った。――魔力は生命力に直結したもので、度が過ぎた使い方をすれば肉体もどんどん衰弱していく。以前にアルカからそう聞いていた。

加えて出血がひどい。服の右腕の部分は真っ赤に染まりきり、染《し》み込みきれなくなった血がポタポタと地面に滴《したた》っている。すぐにでも手当てするべきだろう。

「アルカさん！　怪我《けが》の……わぷっ⁉」

アルカの前に回り込み『怪我の手当てをするから腕を出してください』と言おうとすると、先に思い切り抱きしめられた。

「あの、アルカさん？　怪我の手当て……」

「ああ……良かったぁ……。君が無事で本当に良かった……」

アルカは目尻に涙を浮かべてそう言った。そうやって無事を喜んでくれるのは嬉《うれ》しかったが、今のフィルはそれより早くアルカの手当てをしてあげたかった。

「わ、私は大丈夫ですから。それよりもアルカさんの怪我を……」

「僕は大丈夫。そんなことより君の方は怪我してないかい？　女の子なんだし傷が残ったら大変だ」

……大丈夫と言っているが、怪我した方の腕はさっきからだらんと下がったままで、ボタボタと血が滴って足元に血溜《ちだ》まりを作っている。どう見ても大丈夫に見えない。

「いえ、多少は怪我しましたけど大したことないですから。それよりアルカさんの……」

「怪我したのかい⁉　どこ？　治すから見せて……ああくそ、今の魔力じゃ治癒魔法は厳しいか……。うん、よし、できるだけ早く船を海に戻すから！　それで帰ったらすぐに治療を……」

「いえ、だから私は大したことないのでまずはアルカさんの手当てを……」

「僕は大丈夫だって。そんなことより歩けるかい？　平気？　どこか痛くない？　何だったら肩を貸すけど……」

「手当て……」

「ナビ。後でフィルちゃんを連れて行くから先に戻って準備をしておいて欲しい。見た感じ大きな怪我は無さそうだけど念の為にね」

……なんかだんだんイライラしてきた。

「アルカさん‼」

大きな声を出した。アルカがビクッとした。

「あ、あれ？　フィルちゃんなんだか怒って……え？　何して……あいたあっ！！？」

フィルは手早くベルトを外すとそれをアルカの腕に巻き付け、ギュッとかなりきつめに締め上げた。

「痛い⁉　ちょっ⁉　フィルちゃんこれキツいよ⁉」

「キツくて当たり前です止血帯《しけったい》の代わりなんですから！　とにかく船に戻りますよ！　戻ったらすぐに手当てしますから！」

「いや、でもフィルちゃんの手当て……」

「誰が！　どう見ても！　アルカさんの方が重傷でしょう⁉」

「手当て……」

「次言ったら本気で怒りますよ！」

――何故か無性に腹が立った。助けてもらったのは自分で、アルカは自分のことを心配してくれたのに、何故だかそれに苛《いら》ついた。

フィルはアルカと並んで帰り道を歩きながらそのことについて考えていた。

アルカが優しい人だというのは知っている。他人に甘いのも知っている。自分を犠牲にしてでも他人を助けようとしてしまう人だとも知っている。

けれど、なんでさっきは怒ってしまったのだろうか？

多分、出会ったばかりの頃ならこうは思わなかった。

アルカの治療を優先しようとはするだろうが「心配かけて申し訳ないな」と思うだけで今みたいに怒り出すことはなかっただろう。なのに、どうして……。

「何にせよ……」

アルカはフィルの頭を撫でる。

「君がこうして帰ってきてくれて、本当に良かった」

噛《か》みしめるような、本当に嬉しそうな声だった。

アルカの顔を見上げてみると心底安心したような顔で笑っている。……心臓がトクンと鳴る音が聞こえた気がした。形はどうあれ、アルカがそうして喜んでくれるのが嬉しかった。

(――ああ、そっか)

フィルはそれで自分が怒った理由に気がついた。

(私は、アルカさんに幸せになって欲しいんだ)

優しいアルカが好きだ。他人についつい甘くしてしまうアルカも好きだ。だけど自分を犠牲にしてしまうような姿は……嫌いじゃないけど見たくない。

もっと自分のために生きて欲しい。自分を犠牲になんてして欲しくない。千年前も、今も、他人のために頑張ってきたアルカだからこそ、誰よりも幸せになって欲しいのだ。

「ねえ、アルカさん？」

「ん？　なんだい？」

「手、繋《つな》ぎませんか？」

「…………へ？」

「嫌ですか？」

「え、あ、嫌じゃないけど……ああ、うん、はぐれたら困るしね。繋ごうか」

「はい♪」

アルカが自分のことをとても可愛がってくれているのはよくわかっている。だからこちらもこうして親愛の情を示したら喜んでくれるかな？　と、そう思って手を繋ぐ。

大人の男性の大きな手。こうしてみると自分の手はまだまだ小さいなとあらためて思う。

横目でこっそりアルカの表情を観察してみると……一応ポーカーフェイスを保とうとしているようだが隠しきれてない。嬉しそうだ。

アルカに喜んでもらえたようなのが嬉しくて自分の頰もつい緩んでしまう。

（手を繋ぐなんて小さな子供みたいで少し気恥ずかしいけど、これならやった甲斐《かい》は………あれ？）

フィルは自分の胸に手を当てた。トクントクンと心臓の音がする。いつもより脈が早い。

それに……何か胸がうずくような感覚がある。少し苦しい。なのにそれは決して不快なものではない。むしろ、何故か心地《ここち》良く感じるものだ。

（どうしたんだろ？　私……）

それはフィルがこれまで生きてきた中で初めて感じる不思議な感覚だった。

（まあ、いっか）

だって、何だか今、幸せだ。

そうして、アルカとフィルは帰路を急ぐのであった。

五章　小さな変化と穏やかな日々と……

――最初にフィルが自身に起きている異変を自覚したのは、船の医務室でアルカの手当てをしていた時だった。

「このお守りそんな効果があったの⁉」

アルカの腕に包帯を巻きながらお守りのことについて話すとそんな反応が返ってきた。

「アルカさん、知らなかったんですか？」

「ああ、うん。お守りに魔力が宿ってるってことは知ってたんだけど、かなり頑丈《がんじょう》に封印がされててさ。無理に調べようとして壊しちゃったら嫌だからそのままにしてたんだ。……でもそっか、それじゃ、このお守りがフィルちゃんを護《まも》ってくれたんだね」

アルカは自分の首にかかったお守りを愛《いと》しげに撫《な》で、小さな声で「ありがとう」と呟《つぶや》いた。

心からの親愛と感謝のこもった声。もういない、顔すらも忘れてしまった仲間への言葉。

それを聞いていたフィルは胸がキュッと締め付けられるような感覚を覚えた。

……と、部屋を仕切《しき》っていたカーテンが開いた。カーテンの向こうからアリスが元気よく駆け寄ってくる。

「フィル姉さま、アルカ兄さま、見て見て。痣《あざ》がこんなに薄くなったわ」

治療が一段落ついたらしい。アリスが嬉《うれ》しそうにそう報告してきた。なるほど、アリスの言う通り肩に浮かんでいた紋様《もんよう》のような痣はもうずいぶんと薄くなっている。

『報告。経過観察は必要だがもう問題はないだろう。この分であれば後遺症の心配もない』

ナビの診断を聞いて「良かったですね」「おめでとう」とアルカとフィルはアリスの快癒《かいゆ》を喜んで、アリスはフィルの両手を取ってブンブン上下に振り回しながら「本当にありがとう」とお礼を言う。ここまでは、ただの微笑《ほほえ》ましい光景だった。問題はその後だ。

「あ……アルカ兄さま、腕を怪我《けが》してるのね……」

フィルと同じように握手しようとして、アリスはそう言って手を止めた。

人差し指をほっぺたに当てて「うーん」と可愛《かわい》らしく何かを考え込んでいる。

「じゃあアルカ兄さまには代わりに……えい♪」

アリスはひょいと背伸びしてアルカの頬《ほお》にキスをした。

それに対してアルカは「女の子があんまりそういう事しちゃダメだよ」とは言いつつも満更《まんざら》でもない表情でアリスの頭を撫でている。

それも微笑ましい光景……のはずなのに。

（なんだろう。この気持ち……）

フィルは表情を曇《くも》らせていた。

なんだか嫌だった。胸がもやもやする。この気持ちはあまり心地《ここち》良いものじゃない。……あまり自分以外の女の子の頭を撫でないで欲しいと思うなんて、自分はこんなに独占欲が強かっただろうか？　アルカの腕に新しい包帯を巻きながらこっそりため息をつく。

「ねえアルカ兄さま？　私、大きくなったらアルカ兄さまのお嫁さんになってもいいかしら？」

アリスがそう言った瞬間、フィルはアルカの腕に巻き付けていた包帯を思い切り締め上げてしまった。

「いたたたた⁉　フィルちゃんそれはいくらなんでも締めすぎだって！」

「え？　あ⁉　す、すいません！」

フィルは慌てて包帯を緩《ゆる》める。……何故《なぜ》だろうか？　微笑ましい光景……だったはずなのに、ほんの少しだけ、イライラしてしまっていたのだ。

異変はそれだけでは終わらなかった。

翌日の早朝、アルカとフィルは日課である魔力制御の練習を始めていた。

「それじゃいつも通り最初は丸、三角、四角。それができたら球体、立方体、ピラミッド形、の順番でいこうか。今の君ならこの辺は失敗しないと思うけど何事も基礎が大事だからね」

「は、はい！」

これまたいつも通りフィルは手を水をすくう形にして、アルカがそれを下から支える。

……フィルの小さな手がアルカの大きな手に包み込まれる。アルカの体温を感じる。何故かトクントクンと心臓の音が早くなっていく。

「…………」

「…………………フィルちゃん？　もう始めていいよ？」

「え？　あ、す、すいません！　何だかボーッとしちゃって…………あ!?」

慌てて魔力を練り合わせて丸を作ろうとしたのだが、いきなり失敗して形が崩れてしまった。

もう一度やってみるが今度は球体にする所で失敗。いつもならまず失敗しないようなことが上手《うま》くできない。

いやそもそも、何故か頭がふわふわして、心臓がドキドキして、魔力の制御に集中できない。

「もしかして体調でも悪いのかい？　そういえば顔が赤いけど……」

「そ、そうかもしれないです……。なんだか頭、ふわふわして……」

「ふむ。どれ……」

そう言うとアルカはフィルの前髪をかき上げ、フィルの額と自分の額をひっつけた。

──近い。文字通り目と鼻の先にアルカの顔がある。近い。吐息を感じる距離。それこそ少し体勢をずらせば唇と唇が触れてしまいそうなほど――。

「わきゃあああああ⁉」

フィルは思わず悲鳴を上げて丸椅子《いす》をひっくり返しながら飛び退《すさ》ってしまった。顔が熱い。

ドッドッと心臓が早鐘のようになっている。

「フィ、フィルちゃん？」

「い、今触らないでください！」

軽く混乱して反射的にそう叫んでしまったが、まずかった。アルカはガーンと効果音が鳴りそうなほどショックを受けた顔をしている。泣きそうな顔をしている。というかちょっと泣いている。

「あ⁉　ち、違うんです！　ただ、その、あの、えっと……か、風邪だったらアルカさんに伝染《うつ》っちゃうかもって！　だから、その、い、医務室行ってきます！」

フィルはそう言って逃げるように部屋を出ていってしまった。


フィルが医務室に逃げ込むとそこではナビがアリスの診察をしていた。付き添いで来ていたラルドとレイスもいる。

『質問。どうかしただろうかフィル＝フェンリット。心拍数《しんぱくすう》が妙に上がっているようだが』

ナビがフィルの方を見てそう言った。それに対しフィルは息を整え、真面目《まじめ》な顔で頷《うなず》く。

「ナビ……診察をお願いします。私、何かの病気かもしれません」

『……了解。こちらの椅子へ。詳しく話して欲しい』


——それからフィルは事細かに自分の〝症状〟を話し始めた。

アルカと一緒にいたりアルカのことを考えただけで脈が早くなってしまうこと。アルカに触れられていると頭がふわふわしてしまうこと。胸のうずきやモヤモヤ、アリスに少し苛《いら》ついてしまったこと等詳細に。

「こういう感じの症状で、たぶん精神的なものだと思うんですけど何かそういう……あれ？」

ナビがブルブル震えている。ヴァイブレーション機能なんて付いていただろうか？

ついでに一緒に聞いていた三人組はというと……ラルドは不思議そうな顔で首を傾《かし》げていて、アリスはキラキラした眼で「キャーキャー」言っている。……何故かレイスが落ち込んでいて、部屋の隅で壁の方を向いたまま体育座りしているが今はとりあえず置いておこう。

「あの～、ナビ？」

『…………現在思案中。少々待って欲しい』

ナビはそう言いつつ何かに葛藤《かっとう》するように空中を8の時に飛んでいる。何故か壁に体当たりを繰り返している。こんなナビを見るのは初めてだ。やがてナビはフィルの前で停止する。

『……回答。フィル＝フェンリット。それは恋愛感情、いわゆる恋の病というものだろう』

「………へ？」

フィルは眼をぱちくりさせた。アリスは眼をキラキラさせたままフィルの手を取る。

「フィル姉さま初恋なのね⁉　素敵！　正直私もアルカ兄さまのこといいなって思ってたけど、そういうことならフィル姉さまに譲るわね♪　うんうん、時を越えた出会いなんて素敵だと思うわ♪」

「ま、待って⁉　待ってください！　た、確かにアルカさんのことは大好きですけどそれは兄とかに向けるような好きであって決してそういうのじゃ……」

「ふーん？　……それじゃあフィル姉さま、アルカ兄さまと抱き合ってキスするところ想像してみて？　もちろん唇と唇でね？」

「キ、キス⁉」

アリスに言われて、ついそんなシーンを想像してしまった。

自分とアルカでは身長差があるから自分は一生懸命背伸びして、アルカは少し背中を曲げて、ギュッと抱きしめられて、身体と身体が密着して、お互いに眼を閉じて、柔らかい唇と唇が重なり合って……。

「～～～～っ⁉」

恥ずかしくて恥ずかしくてたちまち体温が上がるのを感じる。頬が熱い。心臓がバクバク鳴っている。そんなフィルの様子にアリスはクスクス笑っていた。

「うふふ、もう言い逃れできないでしょ？　男の人として好きじゃなきゃそんな風にはならないもの。ん～……そうね。フィル姉さまってそういうことまったく知らなさそうだし、ちょっとお話しましょうか？　ほらほら男子達は出ていって、ここからはガールズトークの時間よ」

『参加を希望。当機に性別は無い』

「あなたフィル姉さまのお父さんみたいなものでしょ？　心配なのはわかるけど出た出た。大丈夫、フィル姉さまには私からいろいろ教えておくから♪」

†

「…………はあ」

フィルがアリスと医務室で話し始めてから約一時間後、自室にて。アルカはベッドに腰掛け大きくため息をついていた。

『……アルカ＝ニーベルク。先程のものでこの一時間で五十回目のため息である』

「ああ……鬱陶《うっとう》しかったらごめん……はあ……」

五十一回目のため息をついてアルカは大きくうなだれる。充電用の台座の上に乗ったナビは何かを考えているのか先程からずっと小さくウィンウィン音を立てている。

「僕……フィルちゃんに嫌われるようなことしたかなぁ……」

心当たりは正直結構ある。

今まであまりに気安くフィルの頭を撫でたり抱きしめたりしすぎたかもしれない。フィルも年頃《としごろ》の女の子なのだし、頭を撫でられるのが好きだと言っていたのもこちらに気をつかってくれていただけで本当は嫌だったのかも。

以前フィルに借りた……少女漫画？　という絵と文字を使った資料に書いてあったが、フィルぐらいの年頃の女の子は『お父さん臭い』とか『お兄ちゃんうざい』とか言って身近な男性と距離を起きたがる傾向にもあるようだ。

……フィルに臭いとかうざいとか言われたらしばらく立ち直れないかもしれない。

「…………はあ」

五十二回目のため息。……と、ずっとナビから鳴っていたウィンウィンという音が止まった。

プロペラを展開させ、ナビの機体がふわりと浮かび上がる。

『当機に蓄積された情報から、まず今の貴殿《きでん》に言っておく言葉がある。アルカ＝ニーベルク』

「……うん？」

『爆発しろ』

「なんで⁉」

いきなりの暴言にびっくりしたがナビはそれに構わず続ける。

『当機の役割はフィル＝フェンリットの支援である。……今回の件についても、当機はフィル＝フェンリットの支援を行うことに決定した』

「……えーと？　ごめん、話が見えないんだけど？」

『問題無し。現段階で貴様が理解する必要は無い。……ただ、フィル＝フェンリットについては貴様が心配するようなことは何も無いとだけ明言する』

「……フィルちゃんのことは嬉しい情報なんだけどなんか君、さっきから言葉に棘《とげ》がない？」

『気のせいである。……いずれにせよ、貴殿が落ち込んでいたということは当機からフィル＝フェンリットに伝えておく。それで多少の改善は見られるだろう。加えてアルカ＝ニーベルク。貴殿はもう少し、乙女心《おとめごころ》というものを学ぶべきだと進言する』

「な、なんだかよくわからないけど……まあ、ありがとう？」

『アルカ＝ニーベルク』

「うん」

『爆発しろ』

「だからなんで⁉」

†

――フィルは夜まで部屋には帰ってこなかった。

一応食事の時などに顔を合わせはしたのだが、フィルはアルカと目が合っただけで真っ赤《まか》になって視線をそらしてしまい、会話も非常にぎこちない。

ただアリスから何かを教わっているようで、遠目に見ていると熱心に何かメモを取っていた。

そうしてフィルがようやく部屋に帰ってきたのは陽《ひ》も落ち、アルカが寝る支度《したく》をしていた時のことだった。

「た、ただいま戻りました。すいません、なんだか心配かけたみたいで……」

「おかえり。いや、気にしてないよ。それより体調はどう？　やっぱりなんだか顔が赤いけど」

「い、いえ！　大丈夫です！　元気いっぱいです！」

相変わらず顔は赤いし会話もどこかぎこちないが、それでもまともに会話してもらえてアルカは内心ホッとしていた。

「そ、それでですね。えと、あの、日頃《ひごろ》何かとお世話になっているので、何かお礼がしたいなと思って……その、そんな大したことじゃないんですけど……」

そう言うフィルの顔がますます赤くなる。瞳は潤《うる》み、指をもじもじさせながらチラチラとアルカの顔色をうかがっている。

――暴力的な可愛らしさだった。アルカは衝動的に抱きしめたくなるのを必死に堪える。

「いや、その気持ちだけでもすごく嬉しいよ。それで、何かしてくれるのかな？」

「は、はい！　それじゃ……あの……」

フィルは大きく息を吸い込んだ。

「こ、今晩！　私のこと！　だ、抱いてください！」

アルカは吹き出してむせた。ナビが机から転がり落ちた。

「ナビ！　ナビイィィッ⁉　君か⁉　君なのか⁉　フィルちゃんに何吹き込んだの⁉」

『濡《ぬ》れ衣《ぎぬ》である！』

「あ、あの～……アルカさん？　こういう風に言えって言ったのはアリスちゃんで……」

「あの子か！　ませた子だなとは思ってたけどあの子もあの子で何考えてるの⁉　これは大人として一度厳しく指導を……」

「そ、そんなに変なことですか？　最近夜は冷えますし、私の身体って人より暖かいから湯たんぽ代わりになるかなって」

「………うん？」

アルカの動きが止まった。

「えっと……い、いつもアルカさん、私のこと可愛がってくれてますし、頭撫でたりすると癒やされるって言ってくれますし。だ、だから、私のこと抱いて寝たらもっと癒やされてくれるのかなって……」

フィルは顔を真っ赤にして一生懸命そう説明した後「アルカさんみたいな人はどんどんアピールしないと一生意識してくれないって、アリスちゃんも言ってましたし」と誰《だれ》にも聞こえないほど小さな声で呟いた。

「あ～……うん、なるほど。いや、流石《さすが》にそれは……ねえ？　ナビ……あれ？」

ナビの方を見るといつの間にか充電用の台座に乗ってスリープモードに入っていた。

フィルはポケットからメモ書きを出してチラリとそちらを見た。深呼吸。一歩アルカに近寄って、潤んだ眼で、上目遣《うわめづか》いにアルカを見上げる。

「だから……今晩。私を、抱いてくれませんか？」

「う……」

――正直、今のはドキリとしてしまった。

はっきり言ってあざとい仕草《しぐさ》なのだが、普段そういうことをしないフィルがやると凄《すさ》まじい破壊力を持っていた。

「ダメ、ですか……？」

フィルはアルカの手を取って祈るように組み合わせた。――その手が僅《わず》かに震えていることに気がついた。よく見ればフィルの目尻には涙が溜《た》まっていた。

形はどうあれ、フィルは恥ずかしさと拒否される恐怖に耐えながら一生懸命、自分に親愛を示そうとしてくれている。

　そう思うと胸が締め付けられるような感覚があった。それに気づいてしまえば、もう断ることなんてできるわけがない。

「……それじゃあ、お願いしようかな」

　アルカがそう答えるとフィルはパアァァ、と表情を輝かせた。

　正直なところ、罪悪感やその他諸々《もろもろ》いろんな感情が胸の中で渦巻いていたが、そのフィルの表情を見られただけで『どうでもいいや』と思えてしまった。

†

「そ、それじゃ失礼しますね？」

　少し緊張気味で、それでいて嬉しそうな声。

　アルカが寝床に就くと枕《まくら》を抱えたフィルがやって来てベッドに潜り込んできた。モゾモゾと身体を動かして居心地がいい場所を捜《さが》す。

　やがてそれが見つかったのか、アルカの腕を枕にしてピッタリと身体が密着するような体勢で止まった。と、今度はクイクイとアルカの袖《そで》を引っ張り始めた。どうやら自分を抱きしめて欲しいとねだっているようだ。

少し気は引けたもののそれに応《こた》えてフィルの細い身体をギュッと抱きしめる。すっぽりと胸の中に収まるような抱き心地。暖かくて、柔らかくて、とても心地良い。

「えへへ……♪」

フィルははにかんだ笑顔を浮かべアルカの胸にまるで猫のように額をスリスリさせてくる。そんな仕草がたまらなく可愛らしかった。ふわふわと軽く触れるようにしてフィルの頭を撫でる。……しばらくすると、フィルがうとうとし始めた。

「ん……。最初は、緊張して眠れないいんじゃないかって思ってたんですけど……こうして抱きしめてもらってると……なんだか安心して……」

「無理に起きてようとすることはないよ。明日も早いんだし、ゆっくりお休み」

「そう、ですね……。あしたも……あさっても……ずっとずっといっしょに……」

フィルはうつらうつらしながら寝ぼけたような声で言う。

「ねえ……アルカさん……？」

「うん？　なんだい？」

「わたし……ね……？　アルカさんにも……しあわせになって、ほしいんです……」

「……っ」

「だから、むちゃしちゃ、だめですよ……？　アルカさんに何かあったら……わたし……悲しい、ですから……」

フィルはそう言うと意識を手放した。すやすやと寝息を立てている。アルカはそんなフィルの寝顔を幸せそうに見ていた。

——愛おしいと感じた。

心の中に溢《あふ》れてくる温かくて切ない気持ち。久しく忘れていた、大切な誰かと温《ぬく》もりを与え合う喜び。

腕の中で眠るこの少女のことが愛しくて愛しくてたまらない。

「僕はもうとっくに幸せだよ。……君が僕を幸せにしてくれたんだ」

呟《つぶや》くようにそう言って、アルカも眠りに落ちた。明日も、明後日《あさって》も、その先も。ずっとずっとこんな日が続くことを夢に見ながら。

†

日々が過ぎ去っていく。

一日が過ぎ、三日が過ぎ、七日が過ぎ、十日が過ぎ。

フィルに魔法を教えたり、子供達と遊んだり、時には魔獣と戦ったり。

苦労はたくさんあった。けれどもそれも含めて、涙が出るほどに幸せだった。毎日が楽しくて楽しくてたまらなかった。

二週間が過ぎ、まもなく三週間が過ぎる。

千年の空白を埋めるような黄金の日々。その終わりも近づいてきた。

旅の終わりまで、もうあと少し。

†

〝それ〟が人間の感情を学び始めたのはあくまでも情報収集のためだった。……だが、イレギュラーが生じた。

——アルカ＝ニーベルク、私は……お前を……！

何という皮肉だろうか。人間を観察し続けた千年もの時間は〝それ〟に感情というものを芽生えさせた。

自分の内から湧《わ》き上がる様々な感情。あまりにも非合理的な衝動。それは今、ただ一人の魔法使いに向けられている。

〝それ〟は眼下に眼を向けた。そこに千年もの長きに渡る怨敵《おんてき》がいる。今すぐにでも殺してやりたい。

だが、まだだ。勝てはしない。すでに数度、強力な魔獣を差し向けて試したがアルカは千年前よりも遥《はる》かに強くなっている。正面から挑んでもおそらく勝ち目はない。

しかし〝それ〟は嘲笑《あざわら》うように眼を細めていた。

もうすでに〝それ〟はアルカの弱点となりうるものを見つけたのだから。

〝それ〟は衛星軌道上から海にポツンと浮かぶ一隻の船を見下ろし、静かに時を待っている。

――もしも地球上の全《すべ》ての魔獣の配置を見ることができる者が他にいたならば、この数週間でそれが異様な偏りを見せていることに気づいただろう。

世界中の海を渡れる魔獣が、ある一点を囲うように移動してきている。

途中にあった街や生物には眼もくれず、ただ移動にだけ集中している。

魔獣達が目指す中心点、世界地図で見れば点にすらならないその船の乗員は誰一人そのことに気づかず笑っていた。

――旅の終わり。最後の戦い。そして……彼等《かれら》の因縁《いんねん》の決着は、もう目の前に。

六章　裂天の侵略者

アルカが来てから一ヶ月。その日フィルは船の甲板から海を見つつ手すりにうなだれていた。目的地である海上都市まで残り数日。進路は良好。食料も少し余るぐらいには残っている。……だというのにフィルの表情は複雑そうで、先程からため息ばかりついている。

――最初にあったのは憧《あこが》れだった。物語の中に登場する憧れのかっこいいヒーロー……ただ一緒に過ごしてみるとずいぶんとイメージとは違った。

基本的におっとりしていて、魔法のことが絡《から》むと自分よりも子供っぽくて、ちょっと天然が入っていて、到底思い描いていたヒーローという感じではなかった。

だけど優しくて、温かくて、それでいていざという時はかっこよくて頼りになって。

一緒にいると安心する。いないと寂《さび》しい。一緒にいたい。気がつけばいつでも眼で追っていた。

そんなことを考えてフィルはもう一度ため息をついた。

「アルカさん……」

ポツリとその名を呟《つぶや》く。こうしてアルカの事を考えただけで胸がドキドキして、苦しくて、切なくて。だけどそれは不快なものでは決してなくて。……もっと一緒にいたい。頭を撫《な》でて、ギュッと抱きしめて欲しい。

――アルカのことが好きだ。父親のような存在としても、兄のような存在としても。そして……一人の異性としても。

「アルカさん……好きです……大好きです……」

手すりに突っ伏し、そう呟く。

旅ももう終盤だ。もうあと少しで目的地である海上都市に到着する。なのに、以前は待ち遠しかったはずのこの旅の終わりが今は少し恐い。

「ねえナビ……海上都市に着いたら、私達はどうなるんでしょうか？」

傍《かたわ》らにいたナビにそう問いかける。ナビはいつものようにウィンウィンと音を立てフィルの問いかけに答えた。

『回答。フィル＝フェンリットには現在主だった親類がいないため、十八歳までは施設に入るかどこかの家庭に養子に引き取られる可能性が高い。……アルカ＝ニーベルクに関しては様々な点で前例が無いため当機からはっきりとしたことは言えない』

「ですよね……」

どちらにせよそうなれば、これまで通りアルカといつでも一緒というわけにはいかなくなるだろう。もしかしたらたまにしか会えなくなるかもしれない。

いや、それどころか、アルカは街にとどまるだろうか？

しばらくは街にいるだろう。けれどいずれアルカはどこかに旅立って行くのではないか。多くの人を救うため、あるいは魔獣が蔓延《はびこ》るこの世界を変えるため。フィルの知っているアルカはそういう人だ。そうなれば……もう二度と会えなくなるかもしれない。

「そんなの……やだ……」

アルカがいなくなるのを想像するだけで胸が苦しくなる。この苦しさは嫌だ。

「一緒に……いたいよぉ……」

泣きそうになる。だけど、仮にアルカがどこかに旅立って行くとしても一緒に連れて行って欲しいとは言えない。アルカと一緒にいるには自分はあまりにも弱い。きっと迷惑をかけてしまう。だから……。

『確認。フィル＝フェンリット。先程からバイタルに大きな乱れが見られるが、問題ないか？』

ナビがそう声をかけてきた。フィルは顔を上げると無理に笑顔を作って「大丈夫です」と答える。するとナビはウィンウィンと音を立てながら何かを思案し始めた。

『報告。フィル＝フェンリット。当機から現状に対する情報が二件ある』

「え？」

『一件目、貴女が思っている以上にアルカ＝ニーベルクはフィル＝フェンリットに対して好意を抱いている。貴女が何を言おうと、何をしようと、アルカ＝ニーベルクがそれを迷惑に思うことはあり得ないと断言する。

二件目、当機の役目はフィル＝フェンリットの行動に対する支援である。貴女がどのような道を選ぼうと、当機は役目を終える時が来るまで変わらず貴女を全力で支援し続ける』

ナビの言葉にフィルはしばらく眼をパチクリさせていた。

これはもしかして、フィルを元気づけようとしてくれたのだろうか？　ナビがそんなことをしているのが何かおかしくて、フィルは思わずくすりと笑った。

「ありがとう。ナビは優しいですね」

『……否定《ひてい》。当機は数多《あまた》あるデータの中からこの場に相応《ふさわ》しい言葉を判断し、選択しているだけにすぎない』

「それで優しい言葉が出るあたり、やっぱりナビは優しいんですよ」

フィルはクスクス笑って身体を起こした。

「そうですね。くよくよしてるなんて私らしくなかったです。私、魔法の練習もっと頑張ります。もっともっと強くなって……もしその時が来たら二人で一緒に旅をするんです」

『……疑問。旅をするのは二人だけなのだろうか？』

「え？　あ。ご、ごめんなさい！　もちろんナビも一緒ですからね？」

『……問題無し。心配は不要である。貴女とアルカ＝ニーベルクの時間を邪魔はしない』

　まるで拗《す》ねたようにそう言ったナビにフィルは笑った。その笑顔は何かに吹っ切れたようで、先程の暗さはもうどこかに行ってしまった。

「それじゃナビ。私、今からアルカさんに私の気持ちを告白してこようと思います」

『……待て。どうしてそうなったフィル＝フェンリット』

「思い立ったが吉日って言いますし。今なら言える気がするんです。ちょっとドキドキしてますけど……さっきナビが言ってくれましたしね、アルカさんは私が何か言ったりしたりしても迷惑に思うことはあり得ないって。それを信じて勇気を出してみようと思います」

『……貴女は少々素直すぎると当機は考える』

「えへへ、それでナビ、アルカさんは今どこに……」

「ん？　呼んだ？」

　すぐ後ろから声が聞こえてフィルは飛び上がりそうになった。

　振り返るとそこにはアルカがいた。アルカはフィルの顔をジッと見つめている。

「顔が赤いけど熱でもあるのかい？　ナビ、フィルちゃんの体温とか、どう？」

『問題無い。体温は少々高いが彼女にとって平熱の範囲である。そうであるな？　フィル＝フェンリット』

「は、はい！　元気いっぱいですからどうかお気遣いなく！　いやそんなことよりどこから聞いてました⁉」

「え？　今来たところだけど……」

アルカの言葉にフィルはホッと息を吐いた。どうやら重要な部分は聞かれていないようだ。

「うーん？　まあ何かよくわからないけど無理はしないようにね」

アルカはそう言いながらフィルの頭を撫でる。フィルは心の中で悲鳴を上げた。

アルカに頭を撫でられるのは大好きだが、心がほわほわして考えが冷静にまとめられなくなるので今は勘弁して欲しかった。

アルカはそんな事は露《つゆ》知らず、フィルの頭を撫でつつ横に並んで海を眺める。

「もう一ヶ月も経《た》つのか……いろいろあったね」

アルカの言った一ヶ月というのが『アルカとフィルが出会って一ヶ月』というのに気がつくのに少しかかった。あまりにもこの一ヶ月の密度が濃くて、もう何年も前からアルカと一緒にいるような気がしていたのだ。

「はい。本当にいろいろありましたね。……あ、この旅のこと、日記にまとめてるんですけど、よかったら見ます？」

「うん、見せて見せて」

フィルはタブレット端末を取り出した。覗《のぞ》き込んでくるアルカの顔の近さにドキドキしつつ日記を付けていたページを開く。

住んでいた街を追われて始まったこの旅。最初はみんな暗く沈んでいた。

けれどそれでもみんなで助け合い、船を進める内に徐々に打ち解け明るくなっていき……そしてアルカと出会った。

アルカがこの船にやってきてからは毎日が楽しかった。

千年前の事を教えてもらったり逆に現代の事を教えたり、魔法の事を教えてもらったり逆に機械の使い方を教えたり。

一緒に炊事《すいじ》や洗濯なんかの家事をしたり、船全部を使って鬼ごっこをしてみたり——あの時は船の中を知り尽くした子供達に一向に勝てないアルカがムキになって空を飛んだり壁をすり抜け始めたりして笑ってしまった。


……途中からアルカさんの事しか書いてないなと、フィルは別の意味でドキドキしつつアルカと旅の思い出を振り返る。

楽しかった。そして、アルカと出会えた。不謹慎なのはわかっているけれども、それでもこの旅が素晴《すば》らしいものだったと感じている自分がいる。


——それはそうと、もしかして今、いい雰囲気というやつなんじゃないだろうか？

フィルはチラチラとアルカの横顔を見つつそんなことを考えていた。

告白するなら今なのでは？　周りの様子をうかがうが、ここにいるのは自分とアルカとナビだけ。他の子に聞かれる心配はなさそうだ。ナビに聞かれるのも少々気恥ずかしいがそれも今更だろう。

心臓が周りに聞こえるんじゃないかというぐらいドキドキしている。告白すると決心していたのにいざその時が来ると足踏みしてしまう。だけどそれでも勇気を出して、フィルは震える声で言葉を紡《つむ》ぐ。

「あの！　アルカさん！　私…………アルカさん？」

見上げるとアルカは先程までとは打って変わり、今までに見たことがないような恐い顔で海を見ていた。

「あの……アルカさん？　どうかしました？」

「何か、来る……」

「え？」

アルカの言葉にフィルも海を見た。

遥《はる》か彼方の水平線。そこから徐々にせり上がるように、黒い塊が見えてくる。

最初は大きな積乱雲かとも思ったがそれにしては何か様子がおかしい。眼をこらして見ると小さな黒い点が集まったようなものに見えなくもない。

（えっと……視力、強化）

小さく呟き、自分の眼に魔力を集める。

グンと見たいものが拡大され、距離が縮まる感覚。上手《うま》く魔法が使えたことに内心ホッとしつつ、積乱雲らしきものを見――フィルは息を呑《の》んだ。

少し遅れて船のあちこちで騒がしく警報音が鳴り始める。

『緊急事態発生。緊急事態発生。一時から六時の方角より大規模な魔獣の群れの接近を確認。非戦闘員は速やかにシェルターへ避難せよ。繰り返す……』

緊張感を孕《はら》んだナビの船内放送が辺りに響き渡った。

『謝罪する。対象の魔獣の群れは高濃度の瘴気《しょうき》に身を隠していた事に加え、直前まで極《きわ》めて低空を飛行していたようで感知が遅れた』

「ナビ、わかる限りで敵の情報を」

無駄《むだ》な言葉は吐かずアルカは短くそう言った。

ナビはウィンウィンと音を立てつつ、今では水平線いっぱいに広がった大量の魔獣をカメラに映している。

その光景はまるで巨大な壁が船に向けて迫ってきているようで、フィルは思わずアルカの腕にしがみついていた。

『対象が密集隊形をとっているため正確な数は不明だが数十万～百万体程度と推測。特徴的な点として多種多様な魔獣が共に行動している点が挙げられる。先頭を飛ぶ魔獣はあと八分程でこの船に辿《たど》り着く』

「多種多様……。ナビ、魔獣は基本的に同種で群れを組むものだと思ってたんだけど、違うかい？」

『その認識は当機のデータと相違ない。このようなケースは当機が知る限りでは初めてである。また、大きな街を襲撃するのであればともかく船のような小さな目標にこれだけの魔獣が集まるという点も異常である』

――異常なことが起きている時は、何かしら普通ではない理由があるものだ。アルカは即座に頭を巡らせる。

（この船の普通ではない点……僕か？　あの魔獣は僕を狙《ねら》ってきているのか？）

推測ではあったが、アルカには不思議と確信があった。敵意、あるいは殺意、そう呼べるようなものが確かに自分に向けられている感覚があるのだ。――だが、それならやりようはある。

「ナビ、僕は船から離れて囮《おとり》になる。その間にこの海域を離脱して欲しい」

「アルカさん⁉」

フィルが悲鳴に近い声を上げたがアルカは構わず続ける。

「あの数に包囲されれば船を護《まも》りきるのは困難だ。なら僕だけ船を離れて囮になり、逃げ回りながら時間を稼ぐ。その間にこの船は離脱して、それが確認できたら僕も連中を振り切って逃げる。たぶんこれが一番みんな揃《そろ》って生き残れる可能性が高い」

『……作戦は妥当《だとう》である。当機に異論はない』

「あまり時間がない。すぐに……」

アルカはそこで言葉を止めた。

見下ろすとフィルがアルカの外套《がいとう》を握りしめ、不安に泣き出しそうな顔でアルカを見上げていた。

アルカはくすりといつものように笑って、フィルと視線を合わせた。

「大丈夫、心配はいらない。僕の強さは君も知っているだろう？」

「……はい。だけど……」

まだ不安そうな顔のフィルの頭をくしゃくしゃと撫で、アルカは快活《かいかつ》に笑った。

「ほらほらそんな顔をしない。君はみんなのお姉ちゃんだろう？　それに今回は君の方だって大変だ」

「…………え？」

アルカは杖《つえ》の先端で床を叩《たた》いた。コーンとよく通る音が辺りに響き渡り、杖で叩いた場所を中心にして無数の紋様が空間に広がった。

この一ヶ月間アルカから魔法を学んでいたフィルにとってそれはもう見慣れた魔法。

アルカの得意とする三十二層の多層魔力障壁を発動させるための魔法陣。それが船全体をドーム状に覆《おお》っている。

先日ようやく小さな魔力障壁を二重に展開できるようになったばかりのフィルにとって、三十二層の魔力障壁をこれだけの範囲でいとも簡単に展開するアルカの姿はあらためてその実力の凄《すさ》まじさを感じさせるものだった。

「僕が前に出て、この船の方にはなるべく魔獣を通さない。それでも何しろあの数だ、何体かは撃ち漏《も》らすかもしれない。一応この船を丸ごと魔力障壁で囲える程度の魔力は残して行くけど常時展開できるものではないからね。万が一という時は君の出番だ。どうかみんなを護って欲しい」

「私が……」

「けど臆することはない。この一ヶ月必死に頑張った君はもう立派な魔法使いだ。そんじょそこらの魔獣には負けないさ。そんな君が船を護ってくれるなら僕も安心して戦える」

アルカの言葉にフィルはキュッと唇を真一文字に結んで外套を摑《つか》んでいた手を放した。

「わかり、ました。他の子達は、私が護ります……！」

アルカを見上げる眼はまだ不安げに揺れていたが、それ以上にアルカの期待に応《こた》えようとする決意に満ちていた。

「……ナビ。ナビはアルカさんのサポートに付いてくれませんか？」

『それ自体は問題無い。だが構わないのだろうか？』

「はい。ナビの持ってるレーダーなんかは大勢の敵と戦うことになるアルカさんの方が必要でしょうから。アルカさんもそれでいいですよね？」

「……ああ、そうしてくれると助かるよ」

アルカは頷《うなず》くと「あちこち動き回ることになるから君は懐《ふところ》に入れておこうか」とナビを手に乗せ、プロペラが止まるのを確認すると懐にしまう。そんなアルカを見ながら、フィルは迷いながらも口を開いた
「あの、アルカさん、さっきの話……」

「うん？」

「さっき、私がしようとしてた話……アルカさんが帰ってきたらします。大切な話なんです。だからちゃんと、帰ってきてくださいね？」

「ああ、フィルちゃんも船の方は頼んだよ」

「はい！」

そう言葉を交わし、お互いに背を向け同時に駆け出した。

――こうして、この旅における最後の戦いは幕を開けた。


アルカは柵を乗り越え海に身を投げた。

落下しつつ人差し指と中指を唇に当て、古い言葉で〝鳥〟を意味する言葉を呟く。

海に落ちる直前、フワリとアルカの身体が浮いた。そのまま前方に加速、頭を前にしたうつ伏せの姿勢で、さながら戦闘機のように海面スレスレを飛んでいく。

『アルカ＝ニーベルク』

飛んでいる最中、懐に入れておいたナビが話しかけてきた。

「なんだいナビ？」

『……指摘。貴殿《きでん》は一つ嘘《うそ》をついたな？　船が離脱に成功すれば自分も逃げると言った点だ』

「……相変わらず君はごまかせないね」

アルカは苦笑いした。

「理屈や理由はわからないけど、たぶん連中は僕を追ってきている。この場を逃げ切ってもたぶんまた追ってくる。……フィルちゃん達が目指す海上都市ってところまでこいつらを連れて行くわけにはいかない。ここで全滅させる」

『あれだけの数を全滅させることは可能なのか？』

「……ああ、問題ないさ」

——アルカの心音などをチェックした結果、問題ないと言ったその言葉も嘘だという判定結果が出たがそれ以上ナビは追及しようとはしなかった。

『進言。決して無理はするな。貴殿に何かあればフィル＝フェンリットを始めとする子供達が悲しむ』

「……さて、話はここまでだ」

魔獣の群れが近づいてくる。アルカは杖を握り直した。

「ここに招くは陽《ひ》の雫《しずく》。その一滴は大地を焦《こ》がす……」

呟くように呪文《じゅもん》を唱える。詠唱が進むのに合わせ、アルカの周りに次々と光球が現れる。

魔獣の群れの詳細な部分が見えてきた。

それは例えるならば肉の壁。

異形《いぎょう》の怪物達が密集し、まるでその全《すべ》てが一つの生命のように蠢《うごめ》きアルカに迫ってくる。

それに挑むたった一つの人影は端から見るものがいればあまりにも無謀に見えただろう。

だがアルカに臆する様子はない。普段は優しげな視線が刃物のように冷たく、鋭くなっていく。杖を魔獣達に向けた。

「焼き尽くせ!!」

戦いの開幕を告げるように大声で呪文の詠唱を完了する。

——海面スレスレを飛ぶアルカの姿を戦闘機と例えるならばその魔法はさながら連装ミサイルだろう。

アルカの周りに現れていた光球が光の軌跡を描きながら次々と魔獣達に向かっていき、着弾と同時に激しい閃光《せんこう》を撒《ま》き散らしながら大爆発を起こした。

その攻撃で全ての魔獣達がアルカの姿を認識した。群れ全体が形を変えアルカ目掛けて雪崩《なだれ》をうって押し寄せてくる。

アルカは即座にほぼ垂直方向の上昇に転じ、魔獣達がそれを猛然と追う。魔獣達を振り切りさらに上昇、同時に杖へと魔力を込める。

「虚《うつ》ろの穴よ……！」

身を翻《ひるがえ》し、魔獣の群れに向けて杖を振るうと巨大な黒い塊が現れた。

巨大な塊はさながらブラックホールのように魔獣達を吸い込みながら落ちていく。そして海面に到達すると多数の魔獣を巻き込んで縮退、消滅した。それで休みはしない、今度は自由落下に転じつつ散り散りになっていた魔獣達を小さな魔力弾で次々と撃ち抜いていく。

さらに海面に足が触れると同時に海面に魔法陣を展開。

海水が四頭の巨大な龍となり周りにいた魔獣を次々と呑み込み、かと思えばその龍は一瞬で凍りついて砕け、氷片が嵐《あらし》となって魔獣の身体を粉々に切り裂く。

『海中に敵影！　下だ！』

ナビの警告が飛ぶ。その直後海中から現れた鯨《くじら》のような魔獣が一口でアルカを丸呑《まるの》みにした。

だが、次の瞬間には魔獣の体内から巨大な剣《つるぎ》が生え、その巨体を真っ二つに両断しながらアルカが脱出する。

「ナビ、海中の敵の感知は任せる！」

『承知した』

無数の光弾が空を焦がし、荒れ狂う海は巨大なうねりとなって海中の魔獣を引き裂いていく。

まさに鎧袖一触《がいしゅういっしょく》。圧倒的な数の差をものともしない。……だがアルカの表情は曇っていた。

「十分戦えはする……けど」

――それらの戦いは数分程度の短い時間だ。その短い時間の間にすでにアルカは何百体もの魔獣を葬り去っていた。

……なのに敵がまったく減っている気がしない。いや、むしろ増えている。戦っている間にも次々と新たな魔獣が遠方から、あるいは海中から、はては一体の魔獣が複数に分裂してその数を増やしていっている。

「これは……根比べになりそうだ……」

†

同時刻。地球衛星軌道上。

〝それ〟は感情を学ぶうちに自らも感情を得た。

怒り、憎悪《ぞうお》、執着。確かにそれらの感情も学んだ。だが、〝それ〟が得たものは決して負の感情ばかりではなかった。

――地球の青を美しいと感じるようになったのはいつ頃からだったか。

〝それ〟は眼下に広がる地球を見下ろしながら、千年の間に自分の得たものに思いを馳《は》せていた。

――地球上で幾億幾兆と繰り広げられる生命の営みを面白《おもしろ》いと感じるようになったのはいつ頃からだったか。

――そして、生まれたばかりの赤子とそれを抱く母親の姿を尊いと思ったのはいつだったか。

――感情など知らなければよかった。知らなければこんな葛藤《かっとう》を抱かずに済んだのだ。或いは、得たものが負の感情だけであれば迷うことなどなかった。しかし、今なら理解できてしまう。人間というものが何故《なぜ》あんなにも強かったのか。

……たとえ自分に感情が芽生えたとしてもやるべきことは変わらない。

種の繁栄の為、この星の生命を滅ぼす。間違えることはない。個より種を優先するのは当然のことだ。

だがそれでも〝それ〟は自分が生きる目的を求めた。

種を優先する。それは揺るがない。揺るいではいけない。それでも、何か〝自分〟が生きる意味が、価値が、目的が欲しいと願ったのだ。

そして、己《おのれ》の全てを賭《か》けて挑むべき目的を一つ決めた。


『我が名は、ギルメア』

名前のなかった〝それ〟は自らの名を定める。

その名はかつて人間が〝それ〟に付けた名前。神話に登場する神の敵対者の名から取ったらしい。――ならば、敬意を表してその名を名乗ろう。


〝それ〟は……ギルメアは衛星軌道上からアルカ＝ニーベルクの戦いぶりを見下ろしていた。

――なんと忌々《いまいま》しい力だろうか。あれだけの数を相手に互角以上に渡り合っている。千年前に自分達の事を化け物だという人間がいたが、あれこそが真の化け物であろう。

だが同時にギルメアは自分の中に湧《わ》き上がる感情を感じていた。

歓喜《かんき》。――そうだ。アルカ＝ニーベルクはそうでなくてはいけない。

それはもしかしたらある種の畏敬《いけい》の念なのかもしれない。

――千年前、人類は全てを賭けて魔獣に打ち勝った。なのに今はその魔獣である自分が全てを賭けてたった一人の人間を殺そうとしている。

しかしギルメアに迷いはない。だってギルメアは信じている。

たとえ他から見れば非合理的な選択に見えようと、たとえ無駄な行動に思えようと、あのたった一人の魔法使いを打倒することにはそれだけの価値があるのだと、誰《だれ》よりもアルカの力を信じている。

ギルメアの水銀のような身体が細長く引き伸ばされ、捻《ねじ》れていく。その形はまるで矢のようであった。

――そうだ。私は種全体の為に、そして私自身の為に、アルカ＝ニーベルクを打倒する。私の持つ全てと引き換えにしても、どのような手段を使ってでも必ずアルカ＝ニーベルクを殺す。私はそのために生きてきた。

――その為には……。

ギルメアはアルカ＝ニーベルク……ではなく、フィル達の乗る船の方に狙いを付けた。

†

アルカは海面を滑るように引き下がりつつ魔力弾をばら撒く。次々と魔獣を撃ち落としてはいるがやはり数が減る気配がない。

――もっと大規模な魔法で一気に数を減らしにいくべきか？　だがそれで仕留めきれな

ければいよいよ後が無くなる。

歯ぎしりしつつチラリと視線を船の方にやる。船はもうずいぶんと小さくなりもう少しで水平線の向こう側だ。

唯一いいことと言えばフィル達が乗った船の離脱がもうすぐ完了するという点だ。

幸い船の方に行った魔獣はなさそうだし水平線の向こうにまで行ってしまえばある程度は安心できる。

（その後はどうするか……）

一応、切り札はある。しかしそれを使って自分も無事でいられるかどうか。

――これが今生の別れになるかもしれない。

フィルの顔が頭に浮かぶ。

彼女達との日々はまるで陽《ひ》だまりにいるような暖かな日々だった。そして彼女に教えた魔法という形で自分の生きた証《あかし》も残せた。

……十分だ。たとえここで果てても、それが千年以上頑張り続けた報酬というのならば悪くない。

「けど、そうなるとナビ。君を連れて来ちゃったのはまずかったな」

『問題は無い。船の方に当機のデータが残っているので複製を作ることは容易だ。むしろ、貴殿と共に行くようにと判断したフィル＝フェンリットの判断は正しかったと当機は考える』

いつものように抑揚《よくよう》の少ない声ではあったが、その声からは不思議と戦友に向けるような暖かさが感じられた。

アルカは眼を細め、未練を断ち切って魔獣達に集中しようとする。

……だがその時だった。アルカの身体に全身の肌が粟立《あわだ》つような悪寒が走った。

『アルカ＝ニーベルク！　船の上空に高熱源反応！』

振り返る。船は間もなく水平線に消えようとしていた。その上方、遥か虚空《こくう》からまるで流れ星のように、矢のような何かが白い軌跡を描きながら落ちてくる。

『軌道計算完了！　対象は船に直撃する！　あと六秒！』

「な……っ⁉」

――あんなものが直撃すれば間違いなく船が沈む。

迷ったり考えたりしている暇はなかった。

アルカは船に杖を向け、船に残してきていた魔力障壁を最大強度で起動させる。直後に空から降って来た矢と魔力障壁が激突した。

「ぐっ……⁉」

防ぎきれない。船を護っていた三十二層の魔力障壁が次々と貫かれる。

「まだだ……っ！」

即座に船を囲っていた魔力障壁の形態を変更。鎖状になった魔力障壁が矢に絡みつき強引《ごういん》に勢いを殺す。そのまま矢は船に着弾した。船の上部がまるでクレーターのように歪《いびつ》に抉《えぐ》れる。

『アルカ＝ニーベルク！　後ろだ！』

「っ！」

風切音がした直後、後方から来たトンボのような姿をした魔獣がすれ違いざまにアルカの左肩の肉を切り裂いていった。

血が噴き出す。アルカは歯を食い縛り声を押し殺した。大きく飛び退き魔獣達と距離を取る。傷が深い。左肩から先がだらりと下がったまま動かない。

だがそれでもアルカの注意は腕よりも船の方に向いていた。

「ナビ！　みんなは無事か⁉」

『……全員の生体反応を確認。船に大きな損害が出たが貴殿が勢いを殺したこととフィル＝フェンリットが全員を船内のシェルターに避難させていたことが幸いしたようだ』

「そうか、よか……っ⁉」

アルカは途中で声を詰まらせた。

『どうした？　アルカ＝ニーベルク？』

アルカは答えない。アルカの視線の先、大きく抉れた船の上部に〝それ〟はいた。

……いや〝それ〟ではない。人類にとって最悪の天敵である〝それ〟に対し、人類は神話に語られる神の敵対者の名を与えた。

「ギル……メア……？」

知っている。覚えている。他の多くの事を忘れても奴《やつ》だけは忘れない。忘れられない。

水銀のような不定形の身体。地球に元々いた生物が瘴気の影響で変容した他の魔獣に対し、唯一魔樹の中から現れた本当の意味での怪物にして侵略者。

ギルメアの表面がボコボコと泡立ち、表面に紅い眼が形成される。その眼がアルカを捉《とら》えた。まるで嘲笑《あざわら》うかのようにその眼が細められるとギルメアは形を変え、船にできた亀裂から船の内部に侵入した。

怖気《おぞけ》が走る。千年前、何人もの仲間や戦友が惨殺された光景がフラッシュバックした。

吐き気がする。心臓が張り裂けそうな焦燥感を感じる。

「待て……やめろ。待ってくれ……。僕はいい、だけどそれは……それだけはやめてくれ……！」

アルカはすぐさま船に戻ろうとした。だがそれを懐に入れていたナビが弱い電気ショックで押しとどめる。

『落ち着け！　アルカ＝ニーベルク!!』

ナビのその声にもいつもとは違う焦《あせ》りが感じられたが、それでも自身を冷静に保とうとしているようだった。

『周囲の魔獣は全て貴殿に引きつけられている。この状態で船に戻れば全ての魔獣が船に殺到することになる。それこそ船を……子供達を護ることは絶望的になるぞ！』

ナビのその言葉の直後、まるで激流のように無数の魔獣がアルカに押し寄せてきた。

†

同時刻。避難船 シェルター内部。

「……っ。みんな……無事、ですか……？」

フィルは周りを見回す。他の子供達は怯《おび》えながら床に伏せていたが怪我《けが》をした様子はない。

全員無事のようだ。

フィルはホッと息を吐きつつ頭上を見上げた。そこには大きく破損した天井《てんじょう》と二重に重ねられた魔力障壁があった。

先程船に大きな衝撃が走り、天井が崩壊した時に咄嗟《とっさ》に展開したものだ。これが無ければ自分も他の子達も潰《つぶ》されていたかもしれない。

「よかった……上手くできた……」

魔力障壁は防御魔法の基本であり、かなり早い段階から教えられていたが、これだけ大きな魔力障壁を二重に展開するのに成功したのはこれが初めてだった。

とりあえずこれ以上の崩落は無さそうだと判断すると魔力障壁を解除し、タブレット端末を使って連絡を入れる。

「ナビ、状況は？」

フィルが連絡したのはいつも連れ歩いている子機ではなく、船に積んでいる本体の方だ。

フィルの問いに僅《わず》かに間を置いてビーと耳障りなブザー音が聞こえた。

『先程の衝撃で船上部が大破。また、詳細不明の電磁波が発生しておりアルカ＝ニーベルクに随伴《ずいはん》した子機との通信も途絶えている』

「電磁波？　……いえ、ここも危なそうですし今はとにかく避難しましょう。ナビ、船の破損状況から安全な避難経路をそちらで判断して表示してください」

『了解した』

気になることは多かったが今は避難が先決だろう。そう考えたフィルはナビに的確に指示を出し他の子供達をまとめ上げていく。

「みんな、落ち着いて避難してね」

普段何度も避難訓練を重ねていた成果か、子供達は騒ぐこと無く二列に並び、指示に従って順番に部屋を出て行く。

他の子供達をラルド、レイス、アリスの年長者三人組が先導し、フィルが取り残された子供がいないか確認しながら一番後ろからついていくという形だ。

そうして全員が部屋を後にしようとした……その時だった。

フィルの背後《はいご》、部屋の中央。そこにドロリ、と天井の亀裂から水銀のような銀色の液体が流れ落ちてきたのだ。

振り返る。最初は船に使われている燃料か何かかと思った。だが明らかに様子がおかしい。

水銀は床に広がらずボコボコと蠢き、フィルの背丈以上の高さまで盛り上がる。

「え……？」

最初は曖昧《あいまい》な形だった。それが頭から順に、人の形として再形成されていく。

長身で細身の男性。白い髪。血のような紅い眼。若い青年の顔立ち。それに服までもが形成されていく。

その姿は、アルカの姿にそっくりだった。

「アルカさん……？」

——いや……いいや違う！　これは……この魔獣は……！

フィルの全身が総毛立った。

「ギル……メア……？」

——知っている。フィルはその怪物を知っていた。

何度も読み返した魔法戦記でアルカ達の前に立ちはだかった最後の敵。アルカが千年前の事を語った時に何度もその名が出た最悪の敵。

人の姿へと変じたギルメアはフィルに視線を向けた。その眼がどこか愉《たの》しそうに細められる。

『はじめまして。こうして会えて嬉《うれ》しく思う』

「――え?」

警戒を露《あら》わにしていたフィルに対し、ギルメアはこともあろうに親しい隣人のように挨拶《あいさつ》をしてきた。握手を求めるように手を差し出してまでいる。

フィルは完全に虚を突かれた。いきなり襲いかかってくるかもとは思っていたが、こうやってコミュニケーションを取ってくるとは夢にも思わなかったのだ。

……そしてそれ故に、即座に銃で頭部を撃ち抜いてこの場から離脱するという選択肢が頭から抜け落ちてしまった。


ドロリと、握手を求めて差し出されていたギルメアの右腕が溶け、水銀でできた触腕のような形状に変化する。

「……っ!? みんな、逃げ――!!」

そう言った瞬間にはもう槍のように鋭く伸ばされた触腕がフィルの眼前に迫っていた。


――走馬灯《そうまとう》を見た。

一秒が何百倍にも何千倍にも引き伸ばされたかのような感覚。時間がゆっくりと流れていく。避けられない。もうギルメアの触腕の切っ先は文字通り目と鼻の先だ。フィルは、次の瞬間にはそれが眉間を貫通し、自身が絶命するのを幻視した。

――嫌だ。嫌だ嫌だ嫌だ！　フィルは心の中で叫ぶ。

死にたくない。こんな所で終わりたくない。アルカと約束したのだ、他の子達を護ると。何よりも、ここで死んだらもう二度とアルカに会えない。二度と名前を呼んでもらえない。二度と頭を撫でてもらえない。二度と抱きしめてもらえない。もう……この胸に溢れる気持ちを伝えられない。

頭の中で走馬灯が、これまでの人生の経験が次々と再生され駆け抜けていく。

走馬灯。それはこれから死にゆく者に与えられた、最期《さいご》に自分の人生を振り返るための時間……などでは断じて無い。

それは死に瀕《ひん》した際、これまでの人生で得た全ての経験から目前の死を打ち砕く方法を導き出すために起こるもの。走馬灯とは、諦観《ていかん》から来るものではなく死に立ち向かう最後の足掻《あが》きなのだ。

フィルの頭の中でこれまでの記憶が次々と浮かび上がっては消えていく。その無数に浮かび上がる記憶の中で、最後に現れたのはほんの三日前の出来事《できごと》だった。

†

三日前　自室。

「フィルちゃん、今から君に、ある魔法を教えようと思う」

アルカは魔法を教えてくれる時はいつも楽しそうな顔をしているのに、その日だけは表情を曇らせていた。

その事を指摘するとアルカは苦い顔をした。

「これから教える魔法は少し特殊なんだ」

特殊？　そんなに難しい魔法なんだろうか？

「いや、習得自体はかなり簡単な部類だ。早ければ今日中にでも使えるようになるよ。魔力の種類……小魔《オド》と大魔《マナ》の違いはわかるかな？」

もちろん知っている。——小魔《オド》は人間の身体の中で作られるもので、魔法使いはこれを燃料にして魔法を使う。

対して大魔《マナ》は世界に満ち溢《あふ》れているもので、魔法使いはこれを少しずつ取り込んで消費した小魔《オド》を回復させる。

「うん、正解だよ。よく覚えていたね」

そう言って頭を撫でてくれたのは嬉しかったけれど、アルカの表情はやはり少し暗かった。

「これから教える魔法は全ての魔法使いの切り札だ。習得も発動も簡単にできるのに対して絶大な効果を得られる」

「個人の内で作り出される小魔《オド》に対して大魔《マナ》は星が作り出したものだ。その量は次元が違う」

「これから教える魔法は簡単に言えば、この大魔《マナ》を小魔《オド》に変換することなく身体に取り込み使用するというものだ。これにより術者は実質的に無尽蔵の魔力を得る。本来の実力を遥かに超える規模の魔法を使うことも容易になる」

「だけどそれは諸刃《もろは》の剣だ。流れ込んでくる大魔《マナ》は到底人間が制御できるようなものじゃない。君に繰り返し危険性を説いてきた魔力の暴走状態となんら変わらない。使えば間違いなく命を削るし、限界を超えれば死ぬことになる。そこに例外は存在しない」

「……本当はこの魔法は教えたくない。君はとても優しいから、誰かのために無茶しちゃいそうだしね。けれど僕は、自分の無力さに歯噛《はが》みする無念さを知っている」
「君ならこの魔法を正しく使えると信じているよ。フィルちゃん」

†

——境界、解放。

その魔法の原理はとても簡単だ。全ての人には小魔《オド》と大魔《マナ》を隔てている境界がある。その境界にほんの小さな穴を開けてやればいい。そうすれば膨大な量と圧を持つ大魔《マナ》は勝手に体内に流れ込んでくる。

——大魔《マナ》、充塡。

身体を満たす絶大な魔力。今なら何でもできるという万能感と少しでも間違えば全てを失うという恐怖感。そんな相反する感覚を同時に感じる。

――体感時間、最大化。

思考は努めて機械的に、合理的に。

ここから先は僅かな揺らぎすら死に繋《つな》がる、大魔《マナ》はまともに制御できるものではないがそれは制御しなくていいというわけではない。

体内に流れる魔力に指向性を持たせ、魔力が流れてはいけない方向にだけは魔力が流れないように誘導する。これを緩《ゆる》めれば身体の内から魔力に潰され、最悪身体が弾け飛ぶ。

――動体視力及《およ》び反応速度。最速化。

――身体能力、最大強化。

――戦闘、開始……!

フィルは思い切り身体を後ろに仰け反らせた。同時に額に極小の魔力障壁を展開。ギルメアの刺突はその障壁の表面を削る形で逸れた。前髪が何本か散る。

フィルは勢いのままバク転しつつホルスターから銃を抜いた。

――それは『魔力による身体強化ができる今の自分なら扱えるだろう』と武器庫から取り出していた、超大口径の化物銃だった。

引鉄《ひきがね》を引く。爆発するような反動と銃声。

象に対する護身用とすら言われ、訓練を十二分に積んだ大人でも迂闊《うかつ》な撃ち方をすれば反動で肩が外れかねないその銃をフィルは連射し、追撃として迫っていたギルメアの触腕を撃ち抜いた。

ギルメアの眼が僅かに見開かれる。その瞬間にはもうフィルは次の行動に移っていた。

ピンを抜いた手榴弾、それを軽く空中に放り投げサッカーボールのように蹴《け》り飛ばす。

弾丸のような勢いで飛んだ手榴弾はドブンと音を立ててギルメアの身体に沈んだ。見た目は繕っていても水銀のような身体なのは変わらないらしい。

僅かな間を置いて手榴弾が爆発し、ギルメアの身体を飛び散らせた。

飛び散った飛沫《しぶき》を魔力障壁で防ぎつつフィルはまだ部屋に残っていた子供達の背中を押す。

「みんな！　早く逃げて！」

「え……？　でもあいつもうやっつけて……」

「いいから早く！　なるべくここから離れて！」

未《いま》だに緊迫した様子を崩さないフィルに他の子供達は僅かに動揺しながらも落ち着いて避難を再開する。その間もフィルは拳銃に弾を込め直し油断なく身構えていた。

――ギルメアがこの程度で死ぬのなら、千年前にアルカ達がとっくに倒していた。

部屋のあちこちに飛び散った水銀のようなギルメアの身体。それがまるで床を滑るように移動し他の破片とくっついていく。そして……完全に元通りのギルメアが形成された。

ギルメアはニヤリと口元を歪《ゆが》めて笑ってみせる。

『……なるほど。かの魔法使いと師弟関係を結んでいるだけはあるか』


——ギルメアの脅威はその不死身性にある。

切ろうが潰そうが、それどころか高熱で蒸発させようがギルメアは死なない。その身体の微細な粒子一つ一つがギルメアであり、どのような方法でも殺せない。

高い知能を持ち、僅かな隙間《すきま》からでも砦《とりで》や重要施設に入り込み、どのような手段でも殺せない。そんな悪夢のような敵がギルメアだ。


——それでも、攻撃を続けていれば足止めにはなる。

フィルは覚悟を決める。本音を言えば逃げ出したい。だがどこからでも入り込んでくるこの化物相手に逃げ延びるのはおそらく不可能だ。ここで自分が止めなければ他の子供や船の中枢を破壊される可能性もある。


ギルメアの両腕が溶け、先程より太い触腕へと変わった。数は六。そこから弾丸のような勢いで刺突が繰り出される。

――魔力障壁。三重……ではおそらく足りない。なら――！

「魔力障壁！　四重！」

大魔《マナ》の魔力に物を言わせ魔力障壁を四重に展開する。

ギルメアの刺突は三枚を貫き四枚目にひびを入れた所で止まった。かつてアルカがしていたのを真似《まね》て、障壁を絞り上げ突き刺さった触腕を摑み動きを封じる。

触腕は残り五本。動体視力、体感時間、身体能力の最大強化を維持。

身体のどこかからブチンと何かが千切れるような音がしたがそれを無視する。腕に魔力を纏《まと》わせて連続で繰り出される刺突を次々と受け流し、障壁を枷《かせ》のようにはめて動きを封じる。

「あと……一つ！」

最後に繰り出された触腕を摑まえ、杭《くい》のように床に打ち付けて止める。

六本全部を防いだ。小さく息をついて前を見る。だが奥で蠢いているものを見てギョッとした。ギルメアの背中から三本目の腕が生え、その腕が丸太のような巨大な槍を形成していたのだ。

フィルは咄嗟に障壁を張りつつ横に身を投げた。ほぼ同時に巨槍がフィルがつい先程まで立っていた場所を貫く。

魔力障壁が粉々に砕ける。槍は直撃はせず肩を掠《かす》めただけ、だがそれだけで骨が外れる音がした。フィルの身体が人形のように床を跳ねる。背後にあった壁に大穴が空いた。

「う……くうっ――！」

痛みに呻《うめ》く暇もない。直後にギロチンのように変形した触腕がフィルの首に振り下ろされる。それを無事な左腕で床を弾いた衝撃で避けた。転げるようにして立ち上がる間も悲鳴を上げたくなる程の痛みが身体中を襲い続ける。

――痛い。痛い。痛い。

フィルの眼から大粒の涙が溢れていた。攻撃が掠めた右腕はどこかが裂けたのだろう、着ている戦闘服が真《ま》っ赤《か》に染まっている。痛いのか熱いのかよくわからない苦痛が上ってくる。大魔《マナ》を取り込んだ影響か頭も痛くなってきたし身体中が燃えるように熱い。

それに何より……怖い。

この短い時間に、少しでも間違えれば殺されていたことが何度もあった。怖い。もう痛い思いをしたくない。もう怖いのは嫌だ。逃げ出したい。

――それとも、今すぐ抵抗を止めてこの怪物に身を投げれば楽に殺してもらえるのではないか。

「いいえ！　いいえ!!　まだです！　私はまだ戦えます!!」

一瞬心に湧いた弱気をフィルは声を上げて否定する。

フィルは歳《とし》のわりにはしっかりしているとはいえまだ子供だ。本来ならば親の庇護下《ひごか》にあるべき存在だ。そんな彼女がこの状況で逃げ出したり諦《あきら》めたりしても、誰もそれを責められばしないだろう。

……いいや、責める者は一人いる。フィル自身がそれを許しはしない。

アルカと約束した。他の子供達を護ると。アルカは必ず約束通り帰ってくる。だから自分も絶対約束を守る。そして、約束を守り通して、胸を張って自分の気持ちを伝えるのだ。そう自分を鼓舞し、駆ける。

――自分ではギルメアを倒すことはできない。けどアルカなら必ずなんとかしてくれる。

フィルは心からそう信じている。

ならば自分のやるべきことは時間稼ぎだ。アルカが来てくれるまで、他の子供達が十分な距離を逃げるまで、時間を稼ぐ。

――身体強化……まだ足りない！　もっと……！　もっと……!!

心臓の鼓動《こどう》が速まり全身に血が巡る。身体は熱いのに思考はどんどん冷えていく。極限まで集中力が研ぎ澄まされていくのを感じる。

床を蹴る。壁を蹴る。天井を蹴る。

自分の魔力障壁ではギルメアの攻撃を防ぎきれない。ならば動き続けて的を絞らせない。床、壁、天井をフィルは縦横無尽《じゅうおうむじん》に跳ね回るように動きながら拳銃を乱れ撃つ。

無数の銃弾がギルメアに撃ち込まれた。

ギルメアは触腕をさらに複数にバラけさせ鞭《むち》のように振るう。ほとんど隙間の無い飽和攻撃。だが、フィルはその僅かな隙間をくぐり抜け避けてみせた。

『ほう……。よく動く』


フィルは魔法使いとしてはまだまだ未熟だ。その技量はアルカはもちろん、かつての平均的な魔法使いにも遠く及ばない。

だが、身体能力のみなら話は別だ。遺伝子操作によって生まれたフィルは元々常人離れした身体能力を持っていた。それをさらに大魔《マナ》の膨大な魔力によって何倍にも強化している。身体能力の一点だけを見るなら、フィルのそれはアルカをも凌駕するものだった。

(――もっと、速く。どうにか、時間を……)

割れるような頭の痛みに耐えながら、フィルはアルカが来るまでの時間を稼ぐために駆け続ける。


……しかし、この時点でフィルは二つ間違いを犯していた。

一つは大魔《マナ》を取り込んだ状態で持久戦を挑もうとしたこと。大魔《マナ》を取り込んでの戦闘は命と身体を削る。それを使って持久戦をするなど自殺行為以外の何物でもない。フィルはその危険性を正しく認識していなかった。……とはいえ状況が状況だ、不可抗力ではあるのだろう。

致命的なのはもう一つの方。――フィルは、かつて最強の魔獣と言われた存在を甘く見すぎていた。

「――っ⁉」

ガクンとフィルの動きが失速した。足を見る。そこに触腕が巻き付いていた。――いつ巻き付かれたのかまったくわからなかった。

『肉体保護に全魔力を回せ。でなければ死ぬぞ』

「っ⁉」

振り回され、床に叩きつけられた。ゴギンという鈍い音。床が大きくへこんだ。

「――――っ⁉」

息ができない。ギルメアの言葉が無ければ内臓が潰れていた。

ギルメアの方を見る。全身に鳥肌が立った。距離、一メートル。近すぎる。瞬《まばた》きの間に首を刎《は》ねられかねない距離。

痛む身体を動かして即座にその場から飛び退き、銃を連射する。だが近距離で放たれた銃弾をギルメアは全て叩き落としてみせた。

「な……っ!?」

次の瞬間にはフィルの手にあった拳銃が真っ二つに切り裂かれた。それを認識した直後に腹部に衝撃が走り自分の身体が人形のように吹き飛ぶのを感じた。受け身もできないまま壁に叩きつけられる。

「う……ゲホッ！　ゲホッ！」

――何が、起きている？

攻撃が見えない。動体視力を最大まで強化した今のフィルの眼は銃弾さえ見切る。それなのに――見えない。一瞬銀の軌跡が見えるだけでギルメアの攻撃をまるで眼で追えない。先程までと比べて速度が跳ね上がっている。

『外もじき終わるようなのでな。……お前はよく戦った。だがそろそろ終わらせよう』

ギルメアは人差し指をフィルに向けた。

「――魔力……障壁……！」

攻撃が来ると感じ、フィルは先に魔力障壁を展開した。――しかし針のように伸ばされたギルメアの触腕は容易《たやす》く障壁を貫通し、フィルの肩を貫いた。

「くっ……つう……！」

フィルは痛みに顔を歪める。ギルメアの触腕が引き抜かれ、戻っていく。傷自体は小さなものだった。

この程度であれば戦闘に支障はない。ふらつきながらもどうにか立ち上がる。先程貫かれた肩に手を当てる

――皮膚《ひふ》の下で、何かが蠢いていた。

ギルメアはフィルの肩を貫いた時、自身の小さな欠片《かけら》をフィルの体内に残していた。欠片はすぐさまギルメアとしての行動を開始する。

その小さな欠片には大した力は無い。しかし、どうすれば人間に苦痛を与えられるかはよく知っていた。

「ッツ⁉」

フィルは眼を見開いた。身体の中に侵入した欠片は幾つもの棘《とげ》の生えた触腕を伸ばし、筋肉に根を張った。

そして、羽ばたくように肉をかき混ぜ始める。

「う……いやああああっ？！！」

激痛に悲鳴を上げた。立っていられない。悲鳴を上げながら床をのたうち回る。

「痛い‼　やめ、って……！　おねが……や、いたい！　いたい！　～ーーっっ‼」

魔力の制御に失敗した。身体の中に取り込んだ大魔《マナ》が絶対に流れてはいけない方向に流れ

た。魔力の暴走。ブヂン、ブヂンと身体の中から何かが千切れる嫌な音がした。

「――カハッ。う…………く、う……」

血を吐いた。おそらく肺が損傷した。まるで溺《おぼ》れたかのように息が苦しい。皮膚が裂けた。身体のあちこちから血が流れ出し、服に染《し》みを広げていく。大幅な血圧の低下。意識が急速に遠のいていく。

……死が、すぐそこまで近づいて来ているのを感じる。

――怖い。

先程まで押し殺してきた恐怖が一気に噴出する。

「や……ぁ……ぁ……」

涙で視界が曇っていく。怖い。逃げないと。なのに、身体が動かない。

『まだ、死ぬな』

ギルメアの冷たい声が聞こえた。

『お前には、アルカ＝ニーベルクに対する人質になってもらう』

先程まで以上の恐怖にフィルは凍りついた。

（人……質……？）

――フィルはアルカのことが大好きだ。そしてアルカも自分のことを愛してくれているのが心から伝わってくる。……故に、想像できてしまう。自分が人質にされた場合アルカが取るであろう行動が。結末が。

――駄目だ。

――それだけは、絶対に駄目だ！

『……む？』

手をつく。ガクガクと震える足で床を踏みしめる。フィルはふらつきながらももう一度立ち上がった。

激痛は今も続いている。まともに息もできない。意識は半ば混濁《こんだく》している。もう一歩だって動けるかわからない。それでも、泣きながらでも歯を食い縛って前を向く。必死に絶望に抗《あらが》い続ける。

……そんなフィルの姿に、ギルメアは僅かに眼を細めた。

『……時が流れても、人間は変わらないな……』

ギルメアは誰にも聞こえないほど小さな声でそう呟いた。

――その時だった。

「フィル姉さま！」

聞き慣れた声が聞こえた。だがその声が聞こえた瞬間フィルの顔に浮かんだ表情は安堵《あんど》ではなく別の恐怖だった。

部屋の出口の方を見る。そこにはフィル以外の子供達の中で最年長の三人、アリス、ラルド、レイスがいた。

「な……ん、で……?」

フィルは呆然《ぼうぜん》と言葉を紡ぐ。問うまでもない、この三人は勇気のある子供達だ。先程フィルが上げた悲鳴に状況を察し、フィルを助けようと戻ってきたのだ。戻ってきてしまったのだ。

「だ……め……逃、げて……」

うまく声が出せない。か細い声はアリス達に届かない。手を伸ばし、アリス達のところに向かおうとする。だが意志に身体がついてこない。足がもつれ、その場に倒れ込む。

無論、アリス達とて無策で来たわけではなかった。彼等《かれら》は対フラッシュグレネード用のバイザーを着けており、銃やフラッシュグレネード、防弾チョッキ等で武装している。

三人は一瞬視線を交わせるとラルドとレイスが同時にライフル銃を構え、ギルメアに向けて乱射した。そして間髪入れずアリスが幾つものフラッシュグレネードをまとめて投げる。

銃声、次いで光と高音が室内に撒き散らされる。その間にラルドとレイスが部屋に突入し床にうずくまっていたフィルを両脇《りょうわき》から抱えた。

「だめ……だめ……」

　フィルの声が二人に聞こえたかどうかは定かではない。ラルドとレイスはフィルをどうにか立たせると部屋の入口の方にいるアリスに眼を向けた。

「よし！　アリス！　ずらかる……ぞ……？」

　ラルドの声が止まった。入口に立っていたアリス。その小さな胸をギルメアの触腕が貫いていた。

「え……アリ、ス……？」

　音もなくギルメアの触腕が引き抜かれるとアリスの身体は人形のように力なく床に崩れ落ちた。見開かれた眼は閉じられることもなく、夥しい量の血が床に広がっていく。

「う……あ……」

　ギルメアの視線が今度はフィル、ラルド、レイスの三人の方に向く。フィルは自分を支えていた二人を振りほどき手を前に伸ばした。

「魔力、障壁……最大展開……！」

　残り少ない魔力をありったけ振り絞って魔力障壁を展開する。……だがギルメアの触腕はそれを容易く貫通し、フィルの両隣に立っていたラルドとレイスの心臓を貫いた。

「あ……ああ……」

　二人が力なく崩れ落ちる。倒れ伏した二人の胸にはポッカリと空いた大きな穴。床に赤い血が広がっていく。……一目見て救命の可能性が無いのは明らかだった。

――護れなかった。――護れなかった。――護れなかった。

どんな恐怖にも痛みにも、必死に抗い続けたフィルの心がついに完全に折れた。膝《ひざ》が折れ、崩れ落ちる。

『……壊れたか？』

ギルメアは触腕の切っ先をフィルに向けた。だがフィルはそれに何の反応も示さない。光の無くなった眼は何も映していない。

『……そうか、残念だ』

ギルメアのその声にはどこか惜しむような響きがあった。

ギルメアの腕がフィルに伸ばされ――突如、横殴りの光の奔流がギルメアの姿をかき消した。


「え……？」

フィルには何が起きたのかわからなかった。光の奔流は船の横腹を貫き抉り取る。光が消えるとそこには無残に船の内部が晒《さら》されていた。

「……ごめんね。遅くなった」

優しい声が聞こえた。

いつの間にそこに現れたのか、まばたきをした次の瞬間には眼の前にアルカは立っていた。

「アル、カ……さん……？」

フィルは思わずそう聞いた。

生きた時代が違うせいか、以前からアルカにはどこか浮世離れした雰囲気があった。……だが今はそれともまた違う。黒かった髪は真っ白に色が抜け、全身がオーラのような白く淡い光に覆われている。その姿はどこか人間離れしたものさえ感じさせた。

「……まずは傷を治そうか」

アルカはそう言うと膝をついてしゃがみ、フィルの肩に軽く手を触れる。するとアルカの全身を包んでいた光がその傷口に流れ込み、先程まで感じていた痛みと息苦しさが嘘のように消えた。

フィルは驚いて肩に手を当てた。先程までそこでギルメアの欠片が蠢いているのを感じていたが今はもう何も感じない。呼吸も楽になっている。

「……よくがんばったね」

アルカは穏やかな声でそう言った。少し切なげに笑い、いつものようにフィルの頭を撫でる。それで緊張の糸が切れたのか、関を切ったようにフィルの眼から涙が溢れた。

「ごめん、なさい……」

フィルの顔がくしゃくしゃになっていく。

「ごめんなさい、ごめんなさい、ごめんなさい、ごめんなさい……！　護れなかった……！　私は、約束……守れませんでした……」

　アルカは哀《かな》しげな眼をラルドとレイス、そしてアリスに向けた。泣きじゃくるフィルを胸に抱きしめる。

「……その痛みと苦しみは僕には癒《いや》せない。それは自分で向き合うしかないものだ。……だけど、君がいなければ子供達は全滅していた。全てを護ることはできなかったとしても、救えたものも確かにある。……これは君が僕に教えてくれたことだ。気にするなとは言えない。でもどうか、それを忘れないでいて欲しい」

　フィルはアルカの胸に顔を埋めたまま小さく頷いた。……その時ふと、フィルはアルカの異常に気がついた。


　魔法を教わっていることもあって、フィルもこうして密着していれば他人の魔力を感じ取れるようになっていた。

　故に気づいた。アルカの魔力の流れがおかしい。自分がやったように大魔《マナ》を取り込むのとも違う。いや、取り込むどころかこれは……逆流している？

「アルカ……さん？」

　フィルは直感で察した。アルカは自身に何かしている。それも、おそらくは相当良くないことを。

アルカはちょっぴりばつが悪そうな顔をしてフィルの肩に手を置くと優しく突き放す。

「少し下がっていて欲しい。……まだ奴は死んでいない」

「え？」

フィルはアルカの肩越しにそれを見た。先程光の奔流で抉り取られた辺りに銀色のモヤのようなものが集まってきている。それが一箇所に凝縮し、銀色の塊となり、そこからギルメアの身体が再形成された。

『ようやく……ようやくだ』

ギルメアの口端《くちは》が吊《つ》り上《あ》がる。

『アルカ＝ニーベルク……!!　この時を千年待った……！　私はこの時のために生きてきた!!　今こそ、私は、お前を……！』

獣のような笑みを浮かべ、ギルメアの両腕が再び複数の触腕となりアルカに迫る。だがそれに対しアルカは冷たい眼を向け、無造作に杖を振るった。

黒い閃光が走った。

『あ……ああああああ!?』

黒い閃光が触れた瞬間、ギルメアの触腕がボロボロと土くれのように崩れ落ちた。そしてそれだけではない、まるで人間が痛みに悲鳴を上げるように、ギルメアが声を上げていたのだ。そのことにギルメア自身が一番驚いているようだった。

「……久しぶりだな、ギルメア。僕の事を覚えていてくれたようで何よりだ。僕も、お前のことだけは忘れたことがなかった」

その声はフィルが寒気を覚える程に冷たかった。

『アルカ……ニーベルク……何を……何だ今の魔法は……？』

「何を驚いている？」

静かな言葉から感じたのは抑えがたい殺気と怒り。それを直接向けられたわけでもないのにフィルは息が詰まるのを感じた。アルカはゆっくりと立ち上がり、ギルメアに向き直る。

「千年も時間があったんだ。……使えないわけがないだろう。僕の大切な仲間を大勢殺してきたお前を殺せる魔法を、僕が編み出さないわけがないだろう……！」

アルカは黒い光の灯《とも》った杖をギルメアに向けた。

「覚悟しろ。貴様は、僕の逆鱗《げきりん》に触れた」

——時は十分ほど遡《さかのぼ》る。

無数の魔獣に囲まれ、ギルメアまで現れたというアルカの状況は一言で言えば絶望的であった。

ギルメアが船に侵入した以上、一秒でも早く船に戻らなければフィル達が殺されてしまう。だが、船に戻るということは今自分が引きつけている無数の魔獣を連れて行くことと同義だ。もはやどうしようもない。フィル達を助けるには先に、もしかしたら百万すら超えるかもしれない魔獣の群れを短時間で全滅させる必要がある。不可能だ。

……だが、アルカにはその不可能を打ち砕く方法が一つだけあった。あってしまった。

「——境界、解放」

海面に立ったアルカの身体に周囲の大魔《マナ》が流れ込んでくる。

それはフィルに教えた切り札。命を削るのと引き換えに飛躍的《ひやくてき》に戦闘能力を向上させる魔法使いの奥の手。

……しかし、足りない。確かにアルカなら、それを使った上である程度時間をかければ魔獣の群れを全滅させることができるだろう。

だが駄目だ。フィルを助けるためには一刻も早く魔獣を全滅させなければならない。これでもまだ時間がかかりすぎる。

……だから、アルカは、力と引き換えにもう一歩破滅へと歩を進めた。

「――境界反転。魔力逆流……大魔《マナ》侵蝕開始……！」

……大魔《マナ》を身体に取り込めば確かに戦闘能力は飛躍的に上がる。だがそれも限度がある。人間という器に限りがある以上、その器が満たされた時点で戦闘能力の向上もそこで打ち止めだ。

しかしアルカはさらにその先に進んでいた。人間の器には限界がある。ならば外側を器にしてしまえばいいと。

大魔《マナ》を一度身体に取り込み、自分の魔力に染め変えた後にさらにそれを外に逆流。周辺一帯の大魔《マナ》を全《すべ》て自分のものとして侵蝕する。……例えるなら無色の水に絵の具を垂らし、自分の色に変えてしまうというのが相応《ふさわ》しいだろうか。

『バイタルに深刻な異常……待て！　アルカ＝ニーベルク！　貴殿《きでん》は何をしようとしている⁉』

ナビが叫ぶような声を上げている。

……そう。身体にかかる負担は尋常ではない。身体に流れ込んでくる大魔《マナ》。それに逆らい強引《ごういん》に逆流させる魔力。境界開放で大魔《マナ》を取り込むのが命を削る行為ならばアルカのものは命を投げ捨てる行為だ。

――しかし……それと引き換えに得られる戦闘能力は……。

「……疑似　神話再演」

アルカが海面に手を当てると一瞬で複雑な紋様《もんよう》で形成された魔法陣が展開された。魔法陣はそのまま沈むように海中へと消えていく。

「来い……かつて世界を分けたものよ！」

アルカの後方の海が広範囲に渡って山のように盛り上がり、爆《は》ぜる。白い飛沫《しぶき》を撒《ま》き散らしながらその巨影は海から姿を現した。

――もしもその光景を他に近くで見ている者がいたならば、おそらくは海から巨大な黒鉄《くろがね》の壁がせり上がってきたと誤認しただろう。

……否《いな》。それはあまりにも巨大な両刃の剣《つるぎ》だった。刀身の半ばから切っ先にかけては海中にあり全容はわからないが、海面から出ている部分だけでもおよそ千メートル。柄の部分はもはや霞がかって見えず、振り上げれば天辺に届くのではないかと思わせるような巨大さだった。

――魔法使いに語られる神話に曰《いわ》く、今では世界中に散らばった陸地は元々は一つの巨大な大陸だった。神によって造られた巨人はその手に携えた剣で大陸を砕き、今の世界を形作ったという。

アルカが行っているのは神話の疑似的な再現。世界を分けた剣の召喚。

とは言え、召喚できたのは神話の幻影。本物には遥《はる》かに遠い。

召喚された剣の刀身は錆で覆《おお》われ、こうしている間にもひび割れていく。……されど、その剣に込められた〝世界を分けた〟という権能に関しては、本物に肉薄するものであった。

アルカが杖《つえ》を振り上げると剣もその動きに合わせるように切っ先を天に向けた。巻き上げられた海水が瀑布のように降《ふ》り注《そそ》ぐ。そして……あまりの巨大さ故に遠目にはゆっくりと、しかし実際の剣先《けんさき》は音速を遥かに越える速度で、剣が振り下ろされた。

――世界が割れた。

魔獣の壁ごと大気が裂かれ衝撃波を生み出し、海が裂けて津波を生み出し、海底が露出し岩盤までも切り裂く。だが、それすらもその一撃の部分的なものにすぎない。

空間が裂けていた。大剣の通った軌跡に、文字通り何も無い虚無が口を開けていた。

世界が歪《ゆが》む。空間が捻《ねじ》れ、ひび割れる。先程生み出された衝撃波と津波が動きを止めた。

虚無が自らを埋めようと辺りのものを吸い込み、喰《く》らい尽くしていく。周囲一帯のものが虚無に呑《の》み込まれ、墜《お》ちていく。衝撃波も、津波も、無数にいた魔獣も、全てのものが虚無に呑まれて消えていく。

そして虚無が再び口を閉じる頃には辺りにあった全てのものがまるで夢のように消え去り、元の穏やかな海が戻っていた。

『…………っ』

アルカの懐《ふところ》に入れられたナビは言葉を失っていた。いや、正確には既知の自然現象とはあまりにかけ離れた光景を目《ま》の当《あ》たりにして軽い機能不全に陥《おちい》っていたのだ。

「……う、ゴホッゴホッ」

アルカが咳《せ》き込む。咄嗟《とっさ》に口を覆った手には真《ま》っ赤《か》な血がべったりと付いていた。

『アルカ＝ニーベルク！』

いつの間にかアルカの髪は色が抜け落ち、真っ白になっていた。体温が異常に高く、呼吸、心拍、血圧、その全てが異常な数値を示している。

「大丈夫、僕はまだ戦える。……行こう」

アルカは袖《そで》で口元の血を拭《ぬぐ》うとフワリと宙に身体を浮かせる。そして船を目指して一直線に進んでいった。

——出来得《できう》る限りの速さで駆けつけた。だが間に合わなかった。悲劇はすでに起きていた。

アリス、ラルド、レイス。三人の子供達が殺された。後ろではフィルが声を押し殺して泣いている。

悲しみはある。殺された三人はフィル程では無いにせよ、アルカと特に仲のいい子供達だった。

だが、今は悲しんでいる姿を見せてはいけない。少しでもそれを見せてしまえばおそらくフィルの心は完全に砕けてしまう。

(だけど、せめて——)

「来い……ギルメア」

普段のアルカを知っている者には想像できないような低く、そして殺気がこもった声だった。その圧にギルメアすら一歩退いた。

『……アルカ……ニーベルク——!!』

まるで恐怖に抗《あらが》うように声を上げる。ギルメアの背中から新たに無数の触腕が生え、それを鞭《むち》のように振るった。

部屋を埋め尽くすような攻撃密度。視認すら困難な攻撃速度。

フィルは察した。——先程までの戦いが遊びに見える。ギルメアはあくまでもフィルを殺さないように手加減していたのだ。ギルメアが本気なら、とっくに自分は殺されていた。

だがアルカは表情を変えること無くポツリと何かを呟《つぶや》いた。するとアルカの前に黒い球体が現れる。球体はほどけるように形を変えると風車のような形状になり高速で回転しながらギルメアの触腕を全て叩き伏せた。

叩き伏せられた箇所はボロボロと土くれとなって崩れていく。再生する気配はない。

『が……グッ……！　アアアァァ！』

痛みに耐えかねたかのようにギルメアは悲鳴を上げる。しかし攻撃の手は緩《ゆる》めない。

触腕を振るいつつギルメアの背中から異様に長い三本目の腕が現れる。それが丸太のような巨大な槍を形成したかと思うと、自ら捻れ始め、圧縮されていく。

『死……ね……！』

歪《いびつ》に捻れ、ボーリングの球程にまで圧縮された巨槍。それが解放される。空気の壁を突き破る衝撃波。ドリルのように回転する鋒《ほこ》。戦艦すら一撃で沈めうるギルメア最大の一撃がアルカを襲う。

――アルカはそれを、事もあろうに伸ばした左手一つで受け止めてみせた。

『な……』

ギルメアが言葉を失う。アルカの手に黒い光が灯《とも》ると巨槍に一気に亀裂が走り、土くれとなって崩れ落ちた。

『ぐ……おおおおおおおっ!!』

ギルメアは触腕の数をさらに増やし、まるで何かに追い立てられるように攻撃の速度を加速させていく。

しかしアルカはそれも造作もなくはね退《の》ける。一つしかなかった黒い球体が三つに増え、内一つが攻撃に転じた。

刃のように形を変えた黒い球体が防御に使った触腕ごとギルメアの肩から先を切り飛ばした。土くれになった部分を他の部位で埋めようとしている間に両足を潰《つぶ》した。

『あ、あああ……痛い、苦しい、怖い……』

ギルメアの声がどんどん弱々しくなっていく。先程までフィルを追い詰めていた怪物が見る影もない。もはや誰《だれ》の眼にも形勢は明らかであった。

ギルメアはその場に崩れ落ちる。四肢は全て消し炭となっていた。もはや攻撃も防御もままならない。

『あ、ああ……あああああ……。……ふふ、ははははは……ああ、そうか……そうか……痛みとはこんなにも痛いのか……恐怖とはこんなにも怖いのか……それでもなお、人間は……』

なのにギルメアは笑っていた。絶望からくるような笑い声ではなく、切なそうな、感極《かんきわ》まったような、そんな声で。

「何を笑っている?」

アルカの声に顔を上げたギルメアは泣き笑いのような表情を浮かべていた。

『やはり……人間は、凄《すご》いな……』

その言葉には惜しみない称賛がこもっていた。

†

ギルメアは確かに感情を得た。だがそれでも、ギルメアは痛みや恐怖といったものは知らなかった。

知識として、この星の生物がそういったものを感じるということは知っている。だがそれは生物が生存するための一種の防衛機能としか認識していなかった。

故に不死身であるギルメアはそれを感じたことはなく、感じる機能もなく、感じる必要も無いと考えていた。

——痛い、苦しい、怖い。

アルカと戦い、初めてそれらを感じた。

——痛い。耐え難《がた》い。苦しい。耐えられない。怖い。逃げ出したい。……それでも。

ギルメアは千年間、多くの感情を学び取ってきた。だが今の今まで、このような逆境と苦痛から生まれる感情を知らなかった。

——不屈、忍耐。追憶。まだ終わりたくない。このままでは終われない。……そうか、これが……この感情こそが……。

千年前も、そして今も、痛みと恐怖に抗って自分達に挑んできた人々の強さが今なら理解できる。

——……なるほど。……千年前、私達が敗《ま》けたわけだ。

千年かけて、ギルメアという怪物は、ようやく人間の強さに辿《たど》り着いた。

——そして、だからこそ。


『……アルカ＝ニーベルク。これは、私が心から想《おも》う最初で最後の願いだ』

『敵内部に高エネルギー反応!!』

「……っ！」

ナビの警告が辺りに響く。アルカが動く。

——だが、もう遅い。

『どうか、諸共に死んでくれ』

†

ギルメアは自爆した。

仲間のための自己犠牲《じこぎせい》か、それともギルメア個人の意地か、あるいは他の何かなのか、それはわからない。

ともかく、ギルメアの自爆により発生したエネルギーは船を丸ごと消し飛ばすのに十分なものだった。……だが、そうはならなかった。

「ク……は……っ……」

アルカがその爆発を魔力障壁と自分の身体を使い押さえ込んだのだ。しかしその代償は重かった。

「…………っ」

膝《ひざ》が折れ、床に崩れ落ちる。爆発の衝撃で肋骨《ろっこつ》が何本か折れた。内臓もいくらか潰れたようだ。それに無茶な魔力の使い方をしたせいで身体中がボロボロだ。

……もしもアルカ一人なら。全力で防御を張って離脱していたならアルカ自身は大した手傷も負わずに済んだだろう。だが、フィル達を護《まも》るためにアルカはこうすることを選んだ。……あるいはギルメアも、アルカがこうするだろうことをわかっていたのかもしれない。

「アルカさん！」『アルカ＝ニーベルク！』

フィルとナビが駆け寄ってくる。

「……っ。ナビ！　メディカルスキャン！」

『すでに開始している。……臓器に複数の損傷を確認。輸血及《およ》び緊急手術が必要と断定。

フィル＝フェンリット。彼を医務室へ。時は一刻を争う』

「はい！　アルカさん聞こえますか⁉　今から医務室へ……」

耳元で叫ぶように声を上げるフィルをアルカは手で制した。

「いいや……まだだ……」

「え……？」

その直後、船内に耳障りな警報音が鳴り響いた。

『緊急事態発生。緊急事態発生。船周辺に多数の魔獣の出現を確認』

「まだ敵……⁉　ナビ！　映像を出してください！」

『………』

フィルの指示にナビはすぐには応《こた》えなかった。

「……ナビ？」

『……了解。船外カメラの映像を表示する』

そう言ってナビが空中に映像を表示する。そこには天まで届くような黒い壁が映し出されていた。……それが魔獣が密集して造り出されたものだと理解するのに数秒かかった。

映像がゆっくりと横に回転していく。全方位にその壁があった。陽《ひ》の光が遮《さえぎ》られ、空の青が見えない。

「な……ん……」

『推定敵性体数、数億体以上。……現在地球上に存在する魔獣の内、海を渡れる魔獣の大半がこの海域に集結しているものと推測』

言葉を失うとはこういうことか。フィルは口をぱくぱくとさせながら映像を見つめている。対してアルカは小さく息を吐き、ゆっくりと立ち上がった。

「ねえ、フィルちゃん」

「え？　……あ」

アルカはフィルを抱きしめた。ギュッと、いつもより力強く抱きしめ、くしゃくしゃと頭を撫《な》でる。

「今までありがとう。あの日、君と出会えて本当に良かった」

……フィルはアルカに抱きしめられたり撫でられたりするのが大好きだ。だがこの時だけはその顔は恐怖に引きつっていた。

「待って……待ってください。なんで……どうしてそんな、これでお別れみたいなこと……言うんですか……？」

フィルの問いかけにアルカは申し訳なさそうな笑顔で返した。それでフィルは悟った。アルカはあの魔獣達を止めるために最後の戦いに挑むつもりなのだ。……そして、その結末を。

「や……だ……」

「フィルちゃん？」

「やだ……！　いや！　いや！　いやぁ!!　だめ！　そんなの絶対だめ！　行っちゃやだぁ……！　そんなのいや……いかないで……アルカさん……アルカさぁん……」

まるで小さな子供のようにフィルは泣きわめく。それはこれまでいつも素直だったフィルが初めて見せたわがままだった。

アルカはそんなフィルをもう一度ギュッと抱きしめる。フィルはアルカの胸に顔を埋めて泣きじゃくっている。皮肉にもそれはアルカとフィルが出会った時とちょうど間逆な姿だった。

少しするとフィルは顔を離し、決意に満ちた眼でアルカを見上げた。

「アルカさん。私も一緒に戦います！」

フィルの言葉にアルカは答えなかった。

「絶対足手まといにはなりません。だから……ね？　アルカさん、最期《さいご》まで一緒に……」

アルカは困ったような、それでいてほんのちょっぴり嬉《うれ》しそうな顔で微笑《ほほえ》んでため息をついた。もう一度くしゃくしゃとフィルの頭を撫でる。

「……人には、戦わなければいけない時がある。自分のために、大切なもののために、己《おのれ》の全てを賭《と》して強大な敵に挑まなければいけない時がある」

アルカは人差し指と中指で優しくフィルの額に触れた。――同時に、アルカの魔力がフィルの中に流れ込んできた。

「だけど、君はきっと、今じゃない」

「え……あ……」

抗うことのできない睡魔がフィルの意識にあっという間にモヤをかける。

ふらつき、アルカの腕の中に倒れ込む。

「だめ、こんなの……待って……」

「ごめんね。僕って不器用だからこんな方法しか思いつかなかった」

おそらく、眼を閉じてしまえばそこで意識が落ちてしまう。フィルは必死にアルカにしがみついて意識を保っていた。

「待って……おねがい……。たくさん……もらった、のに……これから、かえしていこうとおもって……まだ……なに、も……かえせてない……のに……」

「いいや、それは違うよ。僕はずっと君に、君達に救われていたんだ。返していたのは僕の方だ」

アルカの手がフィルの頬《ほお》に触れる。

「おやすみ。君のこと、心から愛していたよ」

フィルの眼から涙が溢《あふ》れた。

「待って……まって……だめ……。アル、カ……さん……。まだ……伝えて……わた、し……アルカ……さ……こと、……す……」

そこでフィルの身体から完全に力が抜けた。

アルカは小さくて軽い身体を抱き上げ、壁にもたれかけるように下ろした。安らかな寝息を立て始めたフィルの寝顔を愛《いと》おしそうに見つめ、名残《なごり》を断ち切るようにすっくと立ち上がる。

「……それじゃあナビ、行ってくるよ」

『承知した』

近くに浮いていたナビは無機質な声で答える。そうしてアルカは歩き出したのだが、その後ろ姿にナビはもう一声をかけた。

『アルカ＝ニーベルク』

「ん？　なんだい？」

『……貴殿に心からの感謝と敬意を。貴殿と共に旅をした日々を当機は……いや、私は、誇りに思う』

ナビの言葉にアルカは驚いた顔をした。そしてニッと、親しい友人に向けるような笑みを浮かべる。

「こちらこそ、君のような友人を持てて光栄だった。丸投げになるけど、君になら安心だ。……後は任せた」

『全て承知した。存分に力を振るってくるといい。偉大なる魔法使いよ』

部屋を出た。この一ヶ月、何度も歩き、時には子供達と駆け回った廊下を歩いて行く。

靴底が床を叩《たた》くコツコツという音を聞きながらアルカは様々なことに思いを巡らせていた。

——悔いは……正直たくさんある。

フィルに教えてあげたいことがまだたくさんあった。

フィルに教えてもらいたいことがまだたくさんあった。

二人でいろいろなものを見て、聞いて、感じて、一緒の時間を生きたかった。

——だけど、後悔は何一つない。

甲板に出る扉を開けた。外に広がっていたのはこの世の終わりのような光景だった。

見渡す限りに広がる、言葉通りの意味で天まで届く魔獣の壁。それがゆっくりと船に向かって押し寄せてくる。

だがアルカは空を埋める魔獣の姿を見ても僅《わず》かに眼を鋭くしただけで、そのまま歩を進め甲板の真ん中に陣取った。

「……ギルメア。お前達の事を許すつもりは無いけれど、その行動に善悪を問いはしない」

アルカは呟くようにそう言った。

「善悪とは所詮《しょせん》人間が作り出した、人間の間でのみ通じる理《ことわり》だ。対してこれは生命の誕生以来続いてきた種族と種族の生存競争。そんな中で自分の種のために戦ったお前を悪とは呼べない。強いて言うなら僕もお前も両方が善であり、それぞれに正義があるんだろう。けれども……その上で断言する。勝つのは僕達人類だ」

——境界全開放。

——魔力逆流。周辺大魔《マナ》掌握開始。

「人の想いは受け継がれていく。過去から未来へと、人類の誕生以来連綿と。……時には失われ、歴史の中に消えていくものもあるだろう。だけどそれでも残るものは必ずある。それを糧《かて》に、人々はより良い明日を築き上げ、未来へと繋《つな》いでいく。それこそが人間の強さ、人間だけが持つ力だ。それがある限り、人類はお前達には敗けない」

——周辺大魔《マナ》、完全掌握完了。

「……そう。命もまた、過去から未来へと紡《つむ》がれていくもの。——ならば、僕のやるべきことは最初から決まっている！」

アルカは杖の先端で床を叩きつけるように突いた。

コーンと音叉のような音が辺りに響き渡り、その音に合わせるように直径数キロにもなる巨大な魔法陣が展開される。

極大召喚陣。轟音《ごうおん》と共に無数の光で編まれた、剣を携えた四体の巨人が四方に立ち上がる。

——同時に、一線を越えた。もう戻れない。

「さあ、来るがいい！　お前達の前に立つのは古き時代の遺子、世界最強の魔法使いだ！」

†

――それはまるで神話の光景だった。

押し寄せる文字通り無数の魔獣。対してアルカの放った幾千幾万の魔法が空を灼《や》き、召喚した四体の巨人が縦横無尽《じゅうおうむじん》に剣を振るう。

一時間が過ぎ、二時間が過ぎ、それでも果ては見えない。

――アルカにとって地獄のような時間だっただろう。身体中の筋繊維が断裂し、内側から臓腑《ぞうふ》が焼け潰れていく苦痛など誰が想像できようか。

それでもアルカは護り続けた。すでに半ば炭化した指で魔法を放ち続けた。呼吸するたびに激痛が走る肺で声帯を震わせ呪文《じゅもん》を唱え続けた。

周辺の海に魔獣の死骸《しがい》が山となっていく。だが船まで生きて辿り着いた魔獣はついぞ一匹もいなかった。

やがて、静かになった。

雲一つない青空が広がっていた。

アルカの呼び出した四体の巨人は光の粒子となって霧散し、空にはもう魔獣の影はない。

静かだった。

凪と、波の音が僅かに聞こえる。

穏やかな風の吹く中、アルカは杖を握りしめたまま甲板でうつ伏せになって倒れていた。

すでに死んでいる。

それは救いなのかもしれない。地獄のような苦しみだった。絶望的な状況だった。それでもなお戦い続け、守り抜いた彼にとって死という安らぎは最後の救済なのだろう。

……なのに。

「────────まだ、だ……」

指が、動く。死んだ身体が起き上がる。

「まだ……やるべき……こと……が、残って……いる……」

すでに息は絶えていた。心臓の鼓動《こどう》は止まっていた。肉体はとうに死んでいた。……けれども魂はまだ燃え尽きてはいなかった。

ズタズタに千切れた筋繊維、焼け潰れた臓器、それらの中から最低限生存と運動に必要な機能を魔力で代替し、骸《むくろ》になった身体を動かす。立ち上がり、歩きだす。

船内へと入り、通路を壁伝いに歩いて行く。

一歩が遠い。普段なら一分とかからない距離が永劫《えいごう》にすら感じられる。

「千年前……と……逆だ……な……」

――千年前の戦い。その最後は仲間達が犠牲となり、アルカ一人が敵を倒すために前に進んだ。だが今回は――。

「あ……」

ぐらり、と身体が横に傾《かし》いだ。――まずい。今倒れたら、次はもう起き上がれない。

手をつこうとする。だが、それより早く誰かがアルカの身体を支えた。

「アルカさん……！」

耳元で声がした。声が遠い。顔を見たかったが眼もほとんど見えなくなっていた。それでも、大好きなその温《ぬく》もりだけは感じられた。

「ああ……、フィル……ちゃん……。少し、肩を……貸して……もらえ……ないかな……？」

弱々しいアルカの言葉にフィルがどんな顔をして、なんと答えたかはアルカにはもうわからなかった。ただ、フィルはアルカの望むとおりに肩を貸してくれた。

歩き進めて目的地についた。そこには先のギルメアとの交戦で犠牲となったアリス、ラルド、レイスの三人が床に寝かされていた。

「……ありがとう、フィルちゃん、ここまででいいよ」

最期の力を振り絞ってほんの一時、肉体を回復させる。フィルから離れ、前に立つ。眼と耳も多少は感覚が戻ってきたのがありがたかった。

杖を捧《ささ》げるように持ち、魔法を起動させる。

「……アルカさん……、何を？」

フィルの言葉に顔だけ後ろに向けて柔らかく笑ってみせた。

「フィルちゃん、どうか君に見届けて欲しい。これこそ僕が……いや、僕達魔法使いが至ったもの。短い期間ではあったけども、君を導いた者として最後に見せる、正真正銘《しょうしんしょうめい》の奇跡だ」

フィルはその言葉には応えなかった。これがアルカからフィルへの、最後の言葉だとわかったのだろう。だからこそ応えることができなかった。ただ、唇を噛《か》みしめ、眼にいっぱいの涙を浮かべ、確かにコクリと頷《うなず》いた。

アルカはそんなフィルにくすりと笑って前を向く。杖に魔力と、僅かに残った命を注ぎ込んでいく。それらは美しい光の粒子へと変換され、杖から溢れ出した。

「失われた命は戻らず、肉体を離れた魂は還らない。それはこの世界が生まれた時から変わらない、ただ一つの理だ。

――されどこの場、この一瞬、我はその理を覆《くつがえ》す。

天上におわす神よ、全ての先人達よ、どうかご照覧あれ！　これこそが我らの叡智《えいち》、我らの練磨《れんま》、我らが歩みし魔道の最果て！」


――かつて神は滅びかけた人類を救うために奇跡を成した。

『時空移動』『世界開闢』『生命創造』『死者蘇生』。それが神の成した四つの奇跡。

魔法使いというものはその奇跡を目指して始まった。その奇跡を再現し『貴方の子供達はこれだけのことができるようになりました』という形で神に感謝を伝えたい、と。

それはまるで子供のように単純で純粋な、そしてだからこそ尊い願い。全ての魔法使いが目指した遠い夢。……その願いは、夢は、時を経て今ここに結実する。


「神よ……！　かつて貴方に憧《あこが》れた僕達の手は今、貴方に届く……！」

光が溢れる。背中にフィルの視線を感じる。アルカは誇らしげに胸を張った。

「神話再演〝死者蘇生〟!!」

†

視界の全てが光に包まれる。

アルカはその中で、自分の周りに何人もの人影があることに気づいた。

（――あれ……は……？）

その人影はどこか懐かしい感じがした。

――だがいったい誰……いや、違う、そうだ、どうして今まで忘れていたのか……思い出した！

人影の姿がはっきりと見えてくる。

そこには両親がいた。かつての友人がいた。上官がいた。師がいた。千年の時の中で忘れてしまっていた大勢の人達がアルカの周りに立っていた。

その内の一人、幼馴染《おさななじみ》の少女がアルカの前にやって来て、笑いながら手を差し出した。

『お疲れ！　ずいぶんとまあ、長いこと頑張ったじゃない』

記憶の中にある口調そのままなことに思わず笑って、差し出された手を取る。

「うん、なかなか大変だったかもね。……だけど……」

アルカは静かに眼を閉じた。ここまでの日々をなぞりながら。

「――ああ、本当に……素晴《すば》らしい旅だった」

†

――最初に眼を覚ましたのはラルドだった。

「ん……あれ？　俺……なんで？」

身体を起こし、眠たそうに眼をこすりながらキョロキョロと辺りを見回す。

記憶がいまいち曖昧《あいまい》なようで、なんで自分はこんな所で寝ているのだろうと首を傾げている。

「ん……ふぁぁ……」

「うー……ん……あ、れ……おはよう……？」

次いでレイスとアリスも眼を覚ます。ただ、三人共いまいち状況が飲み込めていないようで三人で顔を見合わせ、きょとんと首を傾げている。

「ん？　あ、アルカ兄ちゃんとフィル姉ちゃん」

ラルドが少し離れた場所にいたアルカとフィルに気がついた。

反動をつけて立ち上がり、元気よく駆けてくる。それに続いてレイスとアリスも。

「あれ？　アルカ兄ちゃん寝てるの？」

アルカはフィルの膝を枕《まくら》にして横たわっていた。そんなアルカの頭を愛おしそうに撫で、フィルはラルド達に微笑みかける。

「はい。アルカさん、ちょっと頑張りすぎて疲れちゃったみたいで。ゆっくり眠らせてあげてくださいね。……それより、他の子達の様子を見てきてくれませんか？　ナビに頼んでいるので大丈夫だとは思うんですけど少し心配で」

「ん、なんかよくわかんないけどわかった！」

ラルドは元気よく返事をすると部屋を飛び出していく。

「あ、ちょっと待ってよ～」

「……………」

続いてレイスとアリスが。……アリスだけは何かに感づいたようだが、そのまま何も言わずに行ってくれた。


「本当にすごいですね。流石《さすが》はアルカさんです」

三人を見送り、フィルはアルカに視線を落とした。

――まるで本当に眠っているだけかのような、安らかな表情だった。

「……長い間、お疲れさまでした」

フィルの眼から涙が溢れ、アルカの頬に落ちる。

「おやすみなさい……。アルカさん」

†

――――。


「あ、見えましたよ海上都市！」

フィルは船の甲板から背伸びしながらそう歓声を上げた。

水平線からせり上がるようにこの旅の目的地だった海上都市が見えてくる。

海のど真ん中に突然現れる巨大な構造物。これを人の手で作り上げたと言うのだからすごいものだ。

「あれが……いやぁ、いろいろあったけど、どうにかみんな無事に着けてよかったよ」

フィルの隣に立っていたアルカはにこやかにそう言った。

「…………」

「えっと、フィルちゃん？　まだ怒ってる？」

「当たり前です！」

フィルは頬を膨らませてそっぽを向く。

「あんな無茶して！　私、アルカさんが死んじゃうと思ってものすごく悲しかったんですからね⁉」

「あ〜……うん、それは、本当にごめんね」

そう言いながらアルカはフィルの頭を撫でる。

卑怯《ひきょう》だと思った。もう少し怒ったふりをして二度とあんなことをしないように反省してもらいたいのに、頭を撫でてもらっているとついつい頬が緩んでしまう。

「大丈夫だよ。これからもずっとそばにいるから」

「はい……」

胸が締め付けられるように苦しい。なのにそれが嫌じゃない不思議な感覚。

フィルはアルカの腕にギュッと抱きつき体重を預けてみた。ただそれだけのことなのに心から幸せが溢れてくる。——好きだ。大好きだ。世界中の誰よりも。

「……あのね、アルカさん……」

「わたしね……、アルカさんのことが……」

──そこで、夢から覚めた。

暗い部屋。アルカの使っていたベッドの上でフィルは眼を開けた。

腕の中にはアルカの杖があった。泣きはらした眼の周りが少しヒリヒリする。いつの間にか眠ってしまっていたらしい。

「………アルカさん?」

暗闇《くらやみ》の向こうに声をかけてみる。けれども、その声に応えてくれる人はもういない。

……そうだ。アルカ＝ニーベルクは、もういない。

「………また、言えなかったな……」

涙が溢れそうになるのを堪える。いつまでもメソメソしていてはアルカに心配をかけてしまうと必死に頑張る。

「喉《のど》……渇いたな……」

のろのろと立ち上がり、部屋に備え付けられている小さな冷蔵庫を開ける。……と、そこに入れた覚えがない大皿が入っていた。

不思議に思いつつ取り出してみる。それは皿に盛られた不格好《ぶかっこう》な焼き菓子だった。それに小さなメモ書きが添えられている。……アルカの字だ。フィルはメモ書きを手に取り、眼を通す。

『いつもお疲れさま。見よう見まねだけど、余った材料で作ってみたんだ。疲れた身体には甘いものがいいっていうから少し砂糖を多めに入れてみたんだけど気に入ってもらえたら嬉しいよ。よかったら後で感想聞かせてね』

――それは、温かな日々の名残。

フィルは振るえる手でラップをめくり、焼き菓子を一つ口に運ぶ。

サクリとした歯ごたえ。味は書いてある通りちょっと甘すぎるぐらい甘い。だがその甘さが疲れ果てた身体に染《し》み渡《わた》っていくような感じがした。

「ひどいですよ……アルカさん。もう、泣かない……よう……に、かんばっ……て、た……のに……」

涙が溢れ出す。止まらない。

「うあぁ……っ、ひっく……アル、カ……さん……う……あぁ……うぁぁ……うあああああん」

――声を上げて泣いた。

悲しくて、悲しくて。

もうとっくに枯れ果てたと思っていたのに、とめどなく涙が溢れて止まらない。頬を伝って落ちていく。
悲しくて、悲しくて。
泣いて。
泣いて。
泣いて。
泣いて――。

――泣かないで。

ふわりと、どこからか来た風が涙に濡《ぬ》れた頬を撫でた。同時に、知らない誰かの声を聞いた気がした。

――あいつのこと、よろしくね。

優しくて、これ以上ないぐらいの親愛の情がこもっていて、けれどもどこか切なげな、そんな声。

後ろで部屋の扉が開く小さな音がした。

『……申し訳ないが退室を願う。今は彼女を一人……に……』

机の上に黙って乗っていたナビがそちらにカメラを向けた瞬間言葉を失った。

後ろで気配がする。部屋の中に入ってくる。自分の後ろに立っている。

知っている。自分はこの気配をとてもよく知っている。

いつの間にか涙は止まっていた。トクン、トクンと心臓の音がする。

「フィルちゃん」

世界で一番大好きな人の声がした。

これは、さっきの夢の続き？

それとも……。

ゆっくりと振り返る。

そこには――。

†

『あ～～も～～～!!　な～にが素晴らしい旅だった～よ！　勝手に納得して自己完結してんじゃないわよほんとにもう！　そういうところは千年経《た》っても全っ然直ってないわね！』

全てに納得し、受け入れようとしたアルカに対し、約千年ぶりに再会した幼馴染はたいそうご立腹だった。アルカの頭に手を伸ばすと両手でガッチリ固定して無理やり視線を合わせる。

『で、本音はどうなのよ？』

「え？」

『だ〜か〜ら〜！　本音を言いなさいって言ってんのよ本音を！』

「けど、僕は……」

『格好つけない！』

幼馴染はピシャリと叱《しか》りつけるように言う。

『ずっとずっと頑張り続けて、ようやくそれが報《むく》われたんでしょう⁉　大切だって思える人にまた出会えたんでしょう⁉　どうしてそれをそんな風に諦《あきら》められるのよ⁉　あんたがそれでいいって言ったってあたしは絶対認めないんだからね！　あ〜も〜馬鹿《ばか》！　あんたって頭いいくせにほんっとうに馬鹿！』

散々言いたいことを言ってから、幼馴染は切なげな表情を浮かべた。

『……あんたは本当はどうしたいの？　本当はどうなって欲しいの？　あんたは……本当にこれでいいの？』

――本当にこれでいいのか？　その問いにズキリと胸が痛むのを感じた。一生懸命覆いをかけた心を暴《あば》かれていくような気持ちだった。

アルカが答えに詰まると幼馴染は表情を緩める。

『少しぐらいみっともなくてもいいじゃない。あんたはいちいち格好つけなくても、もう十分格好いいんだから。だからほら、ちゃんと自分の願いと向き合ってみて？』

「僕の……願い……」

アルカはこれまでのことを振り返る。

暗闇の中にいた千年間。そしてフィルとの出会いを。救いを。黄金の日々を。

「……フィルちゃんと過ごした日々は、楽しかった。今までの苦労を帳消しにしてしまえる程に、幸せだった。彼女のことが愛しくて愛しくてたまらなかった」

ぽつりぽつりと語りだす。幼馴染は黙ってそれを聞いてくれていた。

「だから……彼女達を護るためなら死んでもいいと思っていた。だけど……」

「僕は……生きたい」

——ああ、言ってしまった。

「彼女と共に在りたい。彼女と同じ時間を過ごして、同じ景色《けしき》を見て、彼女を見守っていたい……！　……僕は……死にたくない……！　生きたい……！　どんなにみっともなくてもいい！　僕は……まだ、生きていたい……！」

想いが溢れる。涙が溢れる。そうだ、本当は、失いたくないに決まっている。気がつけば声を圧《お》し殺したまま叫んでいた。

『そ。それでいいの』

幼馴染は優しくそう言った。そっとアルカの胸元に手を触れる。——そこに熱を感じた。

『これまでの長い間、私達のために頑張ってくれてありがとう。けど、これからは自分の為に生きていいんだよ？』

視線に促《うなが》されて懐を探る。お守りが——千年前に幼馴染がくれた紅い宝石のペンダントが輝いていた。

『そのお守りはね。あんたが心から『自分のために生きたい』って願った時にだけ封が解けるようにしてあったの』

幼馴染は悪戯っぽい笑顔を浮かべながらそう言った。

『……ん？　なんでそんな回りくどい仕掛けをしたのかって？　だってあんたって自分のためより人のために頑張って、しかも頑張り過ぎちゃうやつでしょ？　それぐらいわかるわよ、幼馴染舐《な》めんなっての。……いや、流石に千年以上頑張っちゃうとは思わなかったけどさ。だからこれはあんたがあんた自身のために頑張りたいって思った時に、その背中を押してあげたいなって思ってみんなと一緒に作ったの。……ま、偉そうに言ったわりにはそこまで大した物じゃないんだけどさ。あんたってすごいやつなんだから、ちょっと背中を押してあげれば後は自分でなんとかできるでしょ？』

「……ありがとう」

「どういたしまして。あ〜、ほらほら泣かないの。せめてあの子に会うまでには泣き止んどきなさいよ？」

幼馴染は指でアルカの眼に浮かんでいた涙を拭う……と、その姿が薄れ始めた。『ああ、もう時間なんだ』と寂《さび》しそうに呟き、それでももう一度ニッと笑ってみせる。

『短い時間でも、こうして会えて本当によかった。天国で待ってるけど、ゆっくり来なきゃ駄目だよ？　一生懸命生きて、いっぱい笑って、次に会った時はたくさんの幸せな物語を聞かせてね？』

幼馴染の手がアルカの頭に回された。軽く背伸びをして、唇と唇が触れ合う。

『……ばいばいアルカ。ずっとずっと、大好きだよ』

†

――胸に飛び込んできてわんわん泣きわめくフィルをアルカはギュッと抱きしめた。

「フィルちゃんごめんね。心配かけて……もう大丈夫だから」

フィルはアルカの胸に顔を埋めたまま小さく頷く。泣き止むまではもう少しかかりそうだ。……女の子を泣かせてこんなことを思うのは最低かもしれないけれど、嬉しかった。こうして泣いてくれる人がいることが幸せだった。小さくて、細くて、温かい。この子のことが愛しくて愛しくてたまらない。

机の上に乗ったナビの方を見る。顔が無いので表情はわからないが、なんとなくこの小さな友人が心から喜んでくれているのを感じた。

しばらくするとフィルは身体を離し、アルカを見上げた。

「……あのね、アルカさん、わたしね……」

――言えていなかった言葉を紡ぐ。フィルは涙を拭って、花が咲くように笑った。

「アルカさんのことが、大好きです」

エピローグ

海上都市のとある集合住宅の一室。アルカ＝ニーベルクはフローリングの床に座り込み、せっせと杖《つえ》を作っていた。

――海上都市に着けば自分は施設に預けられるのではないかとか、アルカと離れ離れになるのではないかとか、フィルはいろいろと心配していたようだが、結論から言うと海上都市にとある人物がいたことでそれらは全《すべ》て杞憂《きゆう》に終わった。

その人物とアルカの間で交わされたある契約によってアルカ達は望み通りの生活を手に入れることができたのだが、その話はまた、機会が与えられた時にするとしよう。

何はともあれアルカとフィルは現在一緒に暮らしている。

無理を言って調達してもらった古代樹の枝に指先で様々な呪文《じゅもん》を書き込み、最後に柄の部分に幼馴染《おさななじみ》からもらったペンダントの紅い宝石を取り外して埋め込む。丁寧《ていねい》に丁寧に、心を込めて仕上げていく。

「よし、こんなものかな？」

アルカの手の中にあるのは取り回しを考えて少し短めに作った、紅い宝石を埋め込んだ魔法の杖だ。

軽く振ってみたり魔力を通してみたりして出来栄えを確認し、満足したように頷《うなず》く。

「うん、よし。フィルちゃんもういいよ、入っておいで」

「は、はい！」

アルカが呼ぶとフィルは少し緊張した様子で部屋に入ってきた。そんなフィルにアルカは愛《いと》おしそうに眼を細める。

「さて、それじゃああらためて……フィルちゃん、お誕生日おめでとう」

今日はフィルの十六歳の誕生日だ。それで、何か欲しいものがあるかと聞いてみるとアルカのような魔法の杖が欲しいとせがまれたのだ。

「さて、事前に説明したけど、こうして魔法の杖を渡すというのは魔法使いにとって正式に師弟関係を結ぶ儀式のようなものだ。この杖を受け取ればそれからずっとこの僕、アルカ＝ニーベルクを師と仰《あお》ぎ、魔法使いとして生きることになる。……本当にそれでいいんだね？」

「はい！　もちろんです！　もちろんなんですけど……その、魔法の杖が欲しいって言ったのは私ですけど……本当にそれ、もらってもいいんですか？　大切なものなんですよね？」

フィルの視線は杖に埋め込まれた紅い宝石に向いている。それはアルカのかつての仲間達がくれたお守りのもの。アルカの仲間達の形見とも言えるもののはずだ。

「ああ、これは僕にとってかけがえのない宝物だよ。だからこそ、君に持っていて欲しいんだ」

アルカはそう言いながら心の中で願いをかける。

(僕はもう大丈夫。だから、これからは彼女のことを見守っていて欲しい)

もうその宝石には以前のような魔力は宿っていない。けれどきっと、この願いは届くだろう。アルカは親指でそっと宝石の表面を撫《な》でる。

「それよりフィルちゃんの方こそいいのかい？　僕はもう魔力の大半を失ったし、かなり不甲斐《ふがい》ない師匠になっちゃうけど」

——あの一件でアルカは一命をとりとめたものの、それと引き換えに魔力の大半を失った。例えるなら魔力の貯蔵器官が完全に壊れてしまった状態で、ごく簡単な魔法なら問題はないが中規模以上の魔法は一切《いっさい》使用不可。回復の見込みもない。

もしも今の状態のアルカとフィルが本気で戦ったりすることがあれば、素の身体能力と銃器の扱いの差でおそらくはフィルが勝つだろう。

「いいんですよそんなこと。たとえアルカさんが最強の魔法使いじゃなくなったとしても、アルカさんが私にとって最高の魔法使いなことには変わりないんですから」

そうして二人で笑い合った。

フィルに杖を手渡す。フィルは最初こそ真面目《まじめ》な顔をしていたが杖を受け取るとついつい顔が緩《ゆる》んでしまっていた。そんなフィルの頭を撫でると、フィルは気持ち良さそうに眼を細める。

──ああ、なんて幸せな時間だろうか。

「あ、そうだ。ねえねえ、アルカさんアルカさん。お願いしていたあれ！　あれやってください！」

フィルにねだられ、アルカはあらためての言葉を紡《つむ》ぐ。

「僕の名前はアルカ＝ニーベルク。……君の名前は？」

「はい！　私の名前はフィル＝フェンリット」

そう言ってフィルは誇らしげに胸を張った。これからも続いていく二人の物語。その始まりの思い出をなぞりながら。

「ただのしがない魔法使いです」

エピローグ『やがて世界を救う魔法使い』

F・i・n

あとがき

皆さまはじめまして。第十回GA文庫優秀賞、みならいセロリあらため岩柄《いわつか》イズカです。

さてさて、この物語はいかがだったでしょうか？

『これが今の私に生み出せる最高の物語だ！　くらいやがれえええええ!!』ぐらいの熱を込めて書いたのが、少しでも伝わっていたなら幸いです。……気に入っていただけたら！　他の方々にも！　オススメしていただけると嬉しいです！

……世知辛《せちがら》い話ですが、売上が悪ければサクッと打ち切られたりするのもあり得《え》るわけで、他の方にオススメとかSNS等で拡散していただけると非っ常にありがたいですはい。

と、こういう話をあまり長々していると担当様に怒られそうなので、続きまして本作の刊行に際してお世話になった方々にお礼のほうを。

担当編集のH様。様々なアドバイスや調整など大変お世話になりました。

仕事人としてこう言うのもどうかと思いますが、打ち合わせ毎回楽しみにしています。

イラストレーターの咲良ゆき様。素敵なイラストで本書を彩《いろど》っていただきありがとうございます。

イラストを眺めてうちの母共々にまにまさせてもらっています。

第十回同期組。良くしてくれた先輩方。他社レーベルながらも親しくしていただいている作家仲間の方々。今後ともお世話になります。願わくば、一緒にこの業界を盛り上げていけますことを。

受賞をお祝いしてくれた会社の先輩後輩のFさん。Kさん。Mさん。Sくん。Kくん。Mくん。ありがとうございました。焼き肉美味しかったです。次巻出たらまた連れてってくだs

そして――こちらは届くことがあるかわからないので私の自己満足なのですが、自分の書籍のあとがきでお礼をするのが目標の一つだったのでどうかお付き合いを。

故・栗本薫《くりもとかおる》先生。あなたの物語に憧れて小説を書き始めました。

奈須《なす》きのこ先生。あなたの物語に自分が書きたいものの答えをもらいました。

お二人の作品と出会えて私の人生は変わりました。本当に本当にありがとうございました。未《いま》だ若輩《じゃくはい》の身ではありますが、もう歩けなくなるその日までお二人の背中を追いかけていきたいと思います。

そして最後になりましたが、この物語を読んでくれた皆さまに心からの感謝を。

この物語との出会いがあなたにとって良いものであったなら。楽しい思い出であったなら。あなたの世界を、少しでも明るくするものであったなら。

物書きの端くれとして、これほど誇らしいことはありません。

ファンレター、作品の
ご感想をお待ちしています

〈あて先〉

〒106－0032
東京都港区六本木2－4－5
ＳＢクリエイティブ(株)
GA文庫編集部 気付

「岩柄イズカ先生」係
「咲良ゆき先生」係

本書に関するご意見・ご感想は
右の QR コードよりお寄せください。

※アクセスの際に発生する通信費等はご負担ください。

https://ga.sbcr.jp/

最果ての魔法使い

発　行　　2018年11月30日　初版第一刷発行
著　者　　岩柄イズカ
発行人　　小川　淳

発行所　　SBクリエイティブ株式会社
〒106－0032
東京都港区六本木2－4－5
電話　03－5549－1201
　　　03－5549－1167（編集）

装　丁　　柊椋（I.S.W DESIGNING）
印刷・製本　中央精版印刷株式会社

ISBN978-4-8156-0007-5
Printed in Japan　　GA文庫

きれいな黒髪の高階さん（無職）と付き合うことになった

GA文庫

著：森田季節　画：紅林のえ

「失敬な。私はプロのニートだ」「プロというのは、お金をもらう立場のことだろ」

「私はちゃんと親から毎月、お金を得ている」「違う！　そういう意味じゃない！」

サークルにも行かず暇をもてあました京都の大学生、日之出《ひので》は学内でミステリアスな女性に出会う——。

しかし、高階《たかしな》さんというその女性は学生ではなく、ニートだった！

そして、日之出が暇であることを看破した。

「なら、ちょうどいい。私と付き合わないか？」

森田季節×紅林のえが贈る、無職と大学生のスローライフだらだらラブコメディ！

bella peregrina.
カワイイ天狼《オル》の育てかた。

著：山下泰昌　画：6U☆

GA文庫

「あなた、私に乗りなさい！

わからないかなあ？　私に乗って一緒に戦ってって言ってるの！」

異邦人の美少女オルは、雅文の鼻をつつくと無茶な要求を突きつけた。

雅文の住む世界で開かれることになった異世界のバトルイベント「エンジェル・ライド」。オルは一緒にその頂点を目指すペアとして雅文に白羽の矢を立てるのだが……!?　突如始まる二人きりの共同生活。自由に飛びたがるワガママなオルに振り回されながらも、雅文は彼女と共にバトルを勝ち抜いていく――!!　たこやき好きでちょっぴり気分屋。カワイイ異邦人オルを導いて勝利を掴む異世界最強ペアラブコメディ!!　第10回ＧＡ文庫大賞奨励賞受賞作。

辺境貴族、未来の歴史書で成り上がる
～イリスガルド興国記～
著：三門鉄狼　画：東山エイト

GA文庫

「俺が楽に暮らすため、歴史を書きかえて成り上がってやる！」

　辺境の貧乏領地を治める若き領主アルト。偶然召還した刻の精霊クロノと半強制的に契約を結び、手に入れたのは未来を書きかえることのできる歴史書だった。アルトは楽に暮らしたいという夢を叶えるため、歴史書を駆使して蛮族撃退や金山発掘の大手柄！　その手腕はやがて王国やお姫様からも一目置かれ、いつの間にやら国を左右する重要人物に！？

　未来を書き換え出世を目指せ！　理想の生活のため、運命さえも操る辺境貴族の成り上がり譚、開幕！！

「さあ、歴史を変えにいこう」

ゴブリンスレイヤー外伝：イヤーワン2

著：蝸牛くも　画：足立慎吾
キャラクター原案：神奈月昇

「ゴブリンか？」「残念ながら、不幸にして、幸いなことに、まさしくその通り！」

　ゴブリンスレイヤーと呼ばれはじめた青年は、ゴブリンの群《むれ》を皆殺しにした時に、不思議な灯《ともしび》の輝く指輪を見つける。その鑑定に紹介されたのが街外れに住む偏屈な魔術師――孤電の術士《アークメイジ》だった。彼女はギルドから依頼されている怪物辞典《モンスターマニュアル》の改稿の仕事の手伝いをゴブリンスレイヤーに頼む。その担当する項目は――、

「ゴブリンについてか」

　孤電の術士とともにゴブリンのことを調査するゴブリンスレイヤーは世界の果て――暗黒の塔《ダークタワー》へと辿り着く……。

　蝸牛くも×足立慎吾が贈る外伝「イヤーワン」第2弾！

最強同士がお見合いした結果3

著：菱川さかく　画：U35

GA文庫

「恋愛サマーキャンプへようこそ！」

　エリカの尽力で無事に再開されたアグニスとレファのお見合い。だが、『相手を一方的に惚れさせる』使命と二人の恋愛ポンコツぶりのせいで、状況は遅々として進まない。業を煮やしたメイとロゼリーヌは、二人を『恋愛サマーキャンプ』に送り込むが、規格外すぎる最強ぶりとポンコツぶりはとどまることを知らず、現場は想定外だらけの大騒動!?　それでもひと夏をキャンプで一緒に過ごし、二人の距離はさらに近づいていく。だがその頃、停戦中のイグマールとエスキアの間では、再び戦雲が巻き起ころうとしていた！

　愛と強さが試される、最強同士の恋愛ファンタジー第三弾！

百神百年大戦2

著：あわむら赤光　画：かかげ

　雌伏の時に終わりを告げ、神々の戦いへと再びその身を投じることになった《剣》の神リクドー。新たな龍脈の地で契約を交わす巫女は――

「ワンコ！　このペロリストめ！」

　リクドーの頰を舐め回す甘えたがりな犬人間族の少女ラランという。手強いライバル出現でミリアは内心穏やかではない!?　リンスク地方を巻き込んだ両巫女の対決に発展しかけるも、共にリクドーに見初められし最高の巫女同士、本当の『敵』を見誤りはしなかった！　リンスクの地に迫る三柱の悪神たち。宿敵ミヒャエルがついに一大侵攻を始め、その軍団をリクドーは迎え撃つ――!!

　最古の少年神が征く神による神殺しの物語、第2弾!!